一茶杯温暖

精短小说集

一杯茶，
从夏天温暖到冬天

许心龙 著

河南文艺出版社
· 郑州 ·

图书在版编目（CIP）数据

一茶杯温暖/许心龙著. —郑州:河南文艺出版社,2017.4(2019.9重印)

ISBN 978-7-5559-0512-7

I.①一… II.①许… III.①小小说-小说集-中国-当代 IV.①I247.82

中国版本图书馆 CIP 数据核字(2017)第 068654 号

出版发行　河南文艺出版社
本社地址　郑州市郑东新区祥盛街 27 号 C 座 5 楼
邮政编码　450018
承印单位　三河市兴国印务有限公司
经销单位　新华书店
开　　本　640 毫米×960 毫米　1/16
印　　张　14.75
字　　数　182 000
版　　次　2017 年 4 月第 1 版
印　　次　2019 年 9 月第 2 次印刷
定　　价　36.00 元

把自己的理想照进现实（代序）

文／张笋

　　人生是一部无尽的大书，文学包罗万象，每一个活着的人都拥有写作与表达的权利，无论贫贱与富贵。文学是世界性的，属于每一个存在的人生。假如没有文学、没有写作，人生恐怕要变得暗淡无光、混沌一片，最终无影无踪。正如古希腊哲人苏格拉底所言："一种未经考察的生活是不值得过的。"道理很简单，因为我们有记忆，同时也有遗忘，最清晰的意识也会化为无意识。考察就是审视、反思、回顾、确认，这个过程就是文学思维或写作的心理准备。文学就是追问生命的意义，在追问中发现新的人生价值，写作的全部意义就包含其中。写作就是创造——让被遗忘在黑暗中的现实生活重现于光明之中。

　　多年以前，初次接触许心龙的小说，给我的印象是"一群出笼的麻雀"。如今这群活泼的"麻雀队伍"在不断壮大，颇有气象。说到许心龙的小说创作，我检索自己的记忆，首先想到的一篇是《乡下女人》，故事很简单：农村妇女拿了一张百元大钞进城买东西，却不小心把钱弄丢了，那是她种棉花换来的血汗钱。最后，她没有找到属于自己的钱，却捡到了一张别人的

1

钱。她心想别人的钱也是辛苦换来的，丢了钱也会和她一样心里难受，于是，她就守在捡钱的地方，等着失主来寻找，甚至于忘了自己也是一个刚刚丢了钱的人。殊不知城里的女人自有另一套挣钱的方法，钱来得容易花得也随便。那么，我为什么会在意这样一篇作品呢？甚至不止一次提醒许心龙，你的"文学之根"就在这里。其实，我的观点是这样的："乡下女人"很普通，甚至有点儿傻，但她代表了纯朴与善良，其内心世界像白纸一样干净。这样的人现在越来越少了，如今城市人时常会感叹，想寻找自己的"初心"。我想许心龙要表达的正是这种所谓的"初心"——人类自然、美好的天性。这一点正是许心龙文学创作的起点或支点。

20世纪30年代，沈从文先生怀着极大的热情创作出了《边城》，里面的人物几乎和"乡下女人"一样纯朴善良，没有邪恶奸诈，没有自私贪婪，尤其是没有对金钱的贪欲。近日读贾平凹的长篇小说《浮躁》，人心如河水一般"浮躁"，社会的险恶暴露了出来。再看莫言笔下的文字，更是触目惊心。社会巨变，人心浮躁，文学自然离不开一个"变"字。

许心龙近二十年的文学创作自然也离不开一个"变"字。从乡下到城里，从学生到教师，从教师到机关干部，许心龙的小小说离不开自己的生活轨迹以及对社会现实的感受与体验。于是，在《乡下女人》之后，我们看到了遭遇尴尬的青姐，精通象棋的广林哥在象棋的规则之外极度迷茫，城里人会"失眠"，范二炮的火气愈来愈小，莫名的酒事等，人心难测，人性异化。许心龙以艺术的敏感与细致不停地探测着、传达着。

同时，许心龙努力尝试着向社会传递正能量。《一茶杯温暖》里诞生的正面干部形象——黄乡长，是他"公仆情怀"系列的第一篇。当初看到这篇作品时，我的第一反应是：作者出于善良的愿望，十分不愿意看到日益紧张的干群关系再雪上加霜。而事实上，我们心里都十分清楚，"一杯茶"或"一茶杯"能缓和干群关系的可能性微乎其微，但是，许心龙却抓住这万分之一的可能性，变可悲为可喜。这种事情大概只有小说家可以做到——也是他努力去做的。

小说虚构与现实生活发生了强烈的对比，这是艺术手段，许心龙经常会使用对比手法，这一特点差不多是他的风格。《酒到底是个啥东西》是最极致的表现——三个村干部的强烈对比。小小说使用对比手法艺术效果明显，例如那篇奇特的爱情小说《女人的电影》，同样采用了对比手法：一对情侣婚前与婚后的强烈反差。不懈的艺术探索，催生了许心龙的诸多佳作，如《完美的皮鞋》《俺也给羊喂把草》《再活五百年》《光明的搓背者》《笑到最后》等，势头强劲，多有新奇之笔。《笑到最后》是写母亲与亲情，仍然会使我们想到《乡下女人》，笑对人生是一种乐观主义，但背后隐匿着辛酸与悲愁，笑容与眼泪相映才真实。适逢央视播出电视连续剧《生活有点甜》，冯巩饰演的主角一遇伤心事，就猛喝白糖水，以此提醒自己生活是甜的。这恰与许心龙的这篇小说相映成趣。许心龙敢于直面"生老病死离"，既含蓄又热烈，让我感觉他日臻成熟了。

感觉许心龙是在用"心"写作，这是正道。当代文学大师、画家木心先生曾讲："才能、心肠、头脑，缺一不可。"这一点很重要，好作品的价值就体现在这里，作品有了价值才可能有生命，才可能存活下去。当然写作还需要智力、才能，但"好心肠"应该是核心的东西。这三个要素体现在作品中分量是显而易见的，才能是方法技巧，头脑是思想主义，心肠是情怀人性。《狗精》就是尝试用智力写作的寓言式作品，直立的狗欲与人类群体较量，其实还是人的思想，所谓的狗只是一个概念、一个影子。

这类作品与《笑到最后》一类用心用情之作的差别显而易见。《失眠》《谁的快刀斩的乱麻》《从老鼠咬卫生纸开始》是在形式方面的尝试。可见，许心龙在做各种尝试和探索，也许是在寻找突破"小小说"创作的瓶颈。我本人也在尝试从各种角度来理解他的作品。

在此之前，我曾经拟了一个题目——"小说之小与文学之大"。作为两千字左右的小小说，像卡夫卡和博尔赫斯这样的大家也留下不少名篇。但是，小说之前的这个"小"字，总是让人感到有点儿"微不足道"之意。不过，小说总是有"谋篇布局""起承转合"的问题，它不是生拉硬扯的事，扯不好也是白扯，那叫无效写作。像陈忠实这样的大作家，写到第十个中篇时才冒出了一个大家伙——《白鹿原》，这叫功到自然成。我熟悉许心龙，他不浮躁，没那么多虚荣心乃至野心，他有自知之明，这叫明智。他踏踏实实地写作，终取得了骄人的成绩，《一茶杯温暖》《挂历上的数字》在《百花园》发表后，相继被权威的《小说选刊》转载并获奖。贾平凹在一次演讲中说："任何一件事儿做久了，神就会上身。"许心龙在单位任着主要职务，忙自不必说，但他怀着善良的愿望和朴素的理想，对文学的坚守与执着令人动容。搞文学，是幸运也是不幸，但会越搞越明白，并会有好的结果。

我比许心龙年长几岁，已到知天命的时段，人生五十是一大关口，迈过去，许多"窗户纸"一样的东西才会被捅破，文学上的修炼更是如此。此前经常思考的一个问题也逐渐明朗：文学与人生其实是一体两面，表现形式不同而已。

小说家出书，多为自序，直面读者，自抒胸臆，明心见性，总结得失。今代友作序，见证的自然是友情。文学之路多寂寞，好在有朋友结伴同行。

最后，我想借木心先生的经验之谈来作为结语："文学是可爱的，生活是好玩的，艺术是要有所牺牲的。"

　　文学同道，且行且珍惜。

　　　　　　　　　（张笋，自由撰稿人，文学评论家，

　　　　　　　　　出版有《欢爱与悲愁》等专著）

目录

一茶杯温暖

时间不长，多数乡干部发现了个秘密，那就是新上任的黄乡长好喝热水，无论白开水还是茶叶水，手不离杯，杯不离手，大热天的也从不喝矿泉水或纯净水。

黄乡长的这只茶杯，是大号双层玻璃杯，能盛一斤多开水。这只茶杯是他从县委机关带来的，从玻璃壁的模糊与茶斑看，应是有一段时间了。这只大茶杯给人的印象很憨厚淳朴。

老天爷的节气时令真准，刚入头伏，气温一下子就高达三十六摄氏度了，天地之间活像个大蒸笼。这天下村，因政府余秘书通知得紧张，黄乡长一时忘了带那大茶杯，出了浑身的汗，渴得他喉咙都嘶哑了。余秘书递给他一瓶纯净水，他却说，喝这水没劲，还是到办公室喝茶吧。

回到办公室，黄乡长一口气饮下那杯凉白开，真个叫爽呀！可他又想，刚才在村里，应该喝哪怕半瓶纯净水呢。人，有时候是不能太呆板了，就像开展工作一样，要灵活机动。

思想正开着小差，突然，黄乡长听到乡政府大院传来高腔大调的吵闹声。他忙迈出门口，发现院东边零零落落站着十多位群众，正围着孔副乡长闹腾争执。其中一个大头粗脖子的男人最凶,个头不高蹦跶不低,还指着孔副乡长叫嚷,一副得理不饶人的架势。

黄乡长三步并作两步,来到大头粗脖子男的跟前,轻轻拍了一下他的肩膀,笑着说:小伙子,这大热天的,急啥呢?就像树上的知了,光瞎叫不行。自古有理不在言高,你说是吧?

大头男人望着眼前这位文质彬彬、衣服湿透的干部,一时语塞。孔副乡长忙介绍说,这是咱乡新到任的黄乡长。

走,到我办公室说说咋回事,也凉快凉快,你看这天,热死人! 黄乡长示意大头男人道。

场面顿时安静下来。

大头男人有些迟疑,先望望乡亲们期盼的眼神,又望望有些可亲的黄乡长,就跟着黄乡长进了乡长办公室。

俺叫牛大头。大头男人开门见山地说,我把牛尾村征地拆迁的前前后后,给您说个透亮。黄乡长微笑着点点头。

虽有吊扇扇着,牛大头仍汗水不断,用食指不停地刮汗,还干张了几下嘴。

黄乡长心里猜想,这不醒事的主儿要骂娘了,因惧在一乡之长面前,就又把那恶骂,随着滚动的唾液咽进了肚里。

这次黄乡长猜错了。这不醒事的主儿干张嘴,原来是渴极了,竟伸手端起黄乡长的大玻璃杯,一口气来了个底朝天!

这一幕恰巧被余秘书看个正着,余秘书忙喊:住嘴,你小子好大胆,竟敢喝乡长的茶!

余秘书这一吼,一下镇住了牛大头,只见他半张着嘴,还有半口水没来得及下咽,端着茶杯的手也定格在了半空。他局促地望望余秘书,又惶恐地望望黄乡长,半天,喉咙里才发出"咕咚"一声闷响。

黄乡长忍不住笑了,说,不碍事,谁喝了都解渴,你看这天热的。再说，我也失误，没给他倒茶。说着示意余秘书续水。

这倒让牛大头蒙了，干笑着解释：我错了，黄乡长，我……我……说着屁股离开了椅子。

黄乡长站起来，仍笑说，没事，一杯水能解决渴的问题，不是很好吗？其实，黄乡长当时发现牛大头端起自己的茶杯喝水，很诧异。但看着他那个狼狈样，也就释然了。不是渴急了绝不会贸然喝别人的水，如不让喝，是不是有点儿说不过去？所以不能那么认真。从另一个角度看，这难道不是对自己的信任吗？黄乡长想着想着心里乐了，咳，这并不是坏事。

孔副乡长困惑地望着难缠的牛大头离去，又困惑地望着黄乡长转身进入办公室。

第二天一大早，牛大头出现在黄乡长办公室门口，手里拿着个精致的红色礼品盒。

余秘书敲开黄乡长的门。黄乡长看到牛大头，一愣，说，大头，咋了？还拿了礼品？

牛大头把礼品盒轻轻放在茶几上，像承认错误的学生般低声说，我媳妇听说我用您的茶杯喝了茶，说我不知天高地厚，就催促我，要我赶紧把这茶杯给您送来。这茶杯是我在广州的弟弟今年过春节给我的，不锈钢的。我没舍得用。

黄乡长噗地笑了，说，大头呀，你小题大做了，有那么严重吗？这茶杯我不用得好好的吗！说着，端起茶杯喝了一大口水。

黄乡长拍拍牛大头的肩膀，语重心长地说，我是一乡之长，就是一家之主，一家人不能说两家话，快把茶杯拿走。黄乡长叹口气，说，因种种原因，政府还有一些工作没做好，请理解，相信政府会解决好的。边说边弯腰从茶几上拿起礼品盒说，我不能夺他人心爱啊。

孰料，牛大头却夺门而出，逃也似的离开了。

黄乡长摇摇头,笑着示意余秘书把茶杯送去。

黄乡长心里不禁一阵阵激越,是牛大头带来的激越吗?

匆匆赶路的牛大头心里突感一阵阵温暖,是那茶杯的水送来的温暖吗?

牛大头听到后面有人喊他,牛大头,你的茶杯——

牛大头一回头,见是余秘书撵来了。余秘书右手举着那红色礼品盒,不停地摇晃,长头发随风左一扬,右一飘,煞是可笑。牛大头望着望着,心里顿感一酸,眼眶里竟滚出了泪水……

掰手腕

春节后上班的第一天，乡干部聂文化在老家过年被打伤住院的消息，风一样刮进了黄乡长的耳朵里。黄乡长当即安排管政法的副书记调查一下情况。

原来，大年初一，聂文化家里来客，客人走后，他去了村棋牌室。当时聂老虎正输得心急火燎，把牌摔得啪啪响，警告聂文化少插嘴。聂老虎平时搞一些小开发，光棍惯了。聂文化酒劲上来了，指手画脚，嘟噜个没完没了。聂老虎一激动，俩大眼一瞪，掀翻牌摊子，跟聂文化干起了仗。好在是赤手空拳，没伤着人。

"那……聂文化咋住院了？"

"要面子呗。聂老虎头也不露。"

"要面子，咋不要法律啊！"

"一个住了医院，一个耍赖不埋单。事情就僵在了这儿。"

黄乡长皱了下眉头，说："我正要会会他，看看是真老虎还是纸老虎。对这样的主儿，好比逮老鼠，多大的老鼠下多少药。"

第二天一早，村支书陪同，黄乡长在村棋牌室见到了聂老虎。大头，大眼，短脖儿，黑胖，一副天不怕地不怕的横样。

黄乡长觉得聂老虎长得有些幽默，忍不住笑了一下，抬手说："老虎，坐吧。"

"惊动了乡长，我也没啥好说的。不就是踹两下子嘛，他就倒地了。你说这能算打架不？"聂老虎不打自招，面无表情，"我也没想到，一个乡干部，恁不经打，还装蒜住起了医院。"

村支书责怪道："老虎，别恁放肆！"

黄乡长略一思忖，微笑着说："老虎，今天给你个机会，咱俩掰掰手腕。你胜了，我二话不说，走人。"

聂老虎犹豫了一下，以为是黄乡长开玩笑。孰料黄乡长认真地挽起了胳膊袖子。

村支书张了张嘴，想说什么，黄乡长挥手制止了。

聂老虎就是聂老虎，一屁股坐在黄乡长对面。

村支书跺跺脚，一脸着急无奈状。

于是，一只黑胖的手和一只白皙的手，慢慢握在了一起。村支书看到，两只手紧紧地咬着，青筋毕露，剑拔弩张。很快，村支书就听到两只手发出了清晰的"咔啪咔啪"的响声。东风压倒西风，还是西风压倒东风？村支书一动不动，不敢喘气，不敢眨眼。村支书发现，聂老虎的身体渐渐倾斜颤抖，嘴巴有些夸张地变形，额头也冒出了细汗。黄乡长却眼盯对方，气沉丹田，稳如泰山。紧张博弈中，就听"啪"一声脆响，见了分晓，那只倔强的胖手被稳稳扣压在了桌面上！

村支书觉得自己的眼都看花了，眼角居然挂上了泪花。

黄乡长笑说："老虎，让我的吧？"

"没有。"聂老虎揉着手。聂老虎真切地感到，黄乡长的手貌似柔弱，却有一股火山爆发的力量。

"老虎啊，山外有山。"村支书长出一口气，说，"黄乡长让你几分，恐怕你也不是对手。"

"老虎还是有一定劲道的。"黄乡长望着老虎说,"乡干部不是不经打,就看你打的是谁,是正气,还是邪气。"

聂老虎有些心虚,一脸僵笑。

"老虎,村里那一排房子是你开发的?"黄乡长突然问道,"手续都有吧?"

"那是废田地,闲置了也可惜。"聂老虎一愣,没料到黄乡长心恁细,低声说,"手续……"

"有没有手续,你自己清楚。"黄乡长说,"希望你做个明白人。"

聂老虎的大脑袋忙点了点。

这时,村支书说:"手下败将,请不请黄乡长吃饭?"

"请,请!"聂老虎说,"就怕黄乡长不给面子。"

黄乡长站了起来,拍拍聂老虎的肩膀,说:"我不给纸老虎面子。"

"老虎,当英雄,还是狗熊?"村支书没料到黄乡长以这种方式挑明了主题,兴奋地接道。

"请乡长放心,我这就去医院!"聂老虎郑重表态。

走出棋牌室,黄乡长告诉聂老虎,乡政府要建设特色商务区,如有兴趣,可报名竞标。

说罢,黄乡长转身告辞了。

聂老虎左手不停地揉着右手,目送黄乡长离去。突然,村支书发现,聂老虎的俩大眼里竟罕地蓄满了明亮的泪水。

开阔的田野生机盎然,吹来的煦风清新无比。黄乡长不由张大嘴巴,贪婪地做起了深呼吸。

一条短信

黄乡长正犹豫不决如何处理牛尾村考评后进的事,恰在这时收到了一条短信。他忙招见乡司法所长。

一进办公室,司法所长就发现,黄乡长的脸能拧下水来。

黄乡长把手机递给司法所长,说,你看看短信吧。

那短信写道:乡长大人,您若敢为我家撑腰,我愿以女人的一切回报!落款是"连佳丽"。司法所长没料到会这样,他感到有些不伦不类。

民间疾苦,无处不在。黄乡长由衷地叹息一声。

司法所长遂去暗访。

后来,司法所长汇报说,牛尾村的支书牛家贵指使其干儿子长期对连佳丽寻衅滋事。牛家贵为啥叫干儿子欺负连佳丽呢?呵呵,老牛想吃嫩草!那老牛多次骚扰连佳丽,难以得手。连家在村里是单门独户。今年春天,她只好外出打工。

这样无德无才的支书,我想保他的乌纱帽,问问群众同意不?黄乡长气愤地说,她求助政府,是明智之举。可对政府的信任呢?出此下策,就是对我们的拷问呀。黄乡长长出了一口气。

没几天,那个叫连佳丽的女子又给黄乡长发来短信:万分感激,小女子听候着。

她一定是敏感地捕捉到了牛家贵被免职的消息。望望蓝蓝的天空,黄乡长皱皱眉,遂回复:政府是人民的政府,请放阳光些。回复后,心里涌起一阵阵莫名的滋味。

后来,黄乡长变成了黄书记。

一天,黄书记突然接到一个显示是深圳号码的电话。手机里传来了女声:黄乡长,您好,我是连佳丽。

黄书记一愣,谁?对方笑了,说,牛尾村的,两年前您……

黄书记这才想起来那个要"以女人的一切"回报自己的连姑娘,忙说,啊哦,小连呀,现在好吗?

托您的福气,还好。连佳丽说,黄乡长,最近我要回趟老家。

好啊,欢迎回来!

不几日,黄书记在乡政府见到了连佳丽。果然是大美人一个,窈窕的身材,明媚的大眼,加上可身的穿戴,气质不凡。

跟连佳丽一块的还有个胖男人。

这是黄乡长,我的恩人。连佳丽扭头对胖男人说。

这是我老公,马德。连佳丽笑着介绍。

黄书记有些歉疚地说,不要说什么恩人,我们的工作还有疏忽的地方。

这时,赵组委笑着插话道,现在是黄书记了。

升官了,祝贺啊!连佳丽望着黄书记说,我老公马德开了一家公司,他要在咱家乡投资。

欢迎马总啊!你们衣锦还乡,我很高兴。黄书记说。

餐桌上,黄书记郑重地说,至于在家乡投资的事情,若是为了谢我,就不必了。

连佳丽深情地说,黄乡长,您多虑了。

马德忙说,应叫黄书记的。

连佳丽不好意思地笑了,自责道,看我这记性,就记住"黄乡长"了!

送走连佳丽和马总,黄书记回到办公室,发现赵组委正在电脑前忙乎。见黄书记进屋,赵组委忙激动地指着网页说,乖乖吔,他这家公司,可厉害啦!

黄书记没言语,习惯性地端起茶杯,抚摸再三。

突然,黄书记手机短信铃声响了一下。是连佳丽的短信,短信写道:黄书记,我左思右想,觉得怪对不住牛家贵的。毕竟低头不见抬头见的,还是给他指条出路吧,待我的公司开张后,聘请他当个顾问。

黄书记一激灵,顿悟到,这一条短信,可是保护了一个人,又挽救了一个人呀!连佳丽不愧是个阳光女孩。

黄书记又想,当初,要是自己粗心大意了,会是什么后果呢?真是细节之处见真情呀!

"这是黄乡长,我的恩人。"

"看我这记性,就记住'黄乡长'了!"

连佳丽甜甜的声音,再次萦绕在黄书记的耳畔。

赵组委吃惊地发现,黄书记的一滴清泪,溅在手机屏幕上,瞬间洇成了一朵晶莹剔透的水花。

酒到底是个啥东西

立冬那天，苏庄的苏大胖死了。苏大胖大名叫苏春树，是苏庄的村支部书记。他人奇胖，那颗罕见的大脑袋好像直接栽种在了肩膀上，脑袋一晃动，赘肉就直颤。人胖了，心脑血管病就随之而来了，他最终死于脑溢血。村人记着苏春树，不是因为他太胖，而是因为他是个酒鬼支书。他纯粹是喝死的。有村人说，他除了一天到晚喝猫尿，没有一根毛的政绩，占着茅坑不拉屎。这是对苏春树当支书的盖棺论定。

那年冬天，苏治国接任了村支书。苏治国是个"军转"，也是个酒鬼，是用大碗饮酒的主儿。

村人叹一声，摇摇头。那意思很明白，又一个酒鬼，也好不到哪里去。

经过一段时间，村人才发现，苏治国还有个怪脾气，那就是谁找他办事，苏治国就非留他喝酒，弄盘花生米，捞碗醋蒜瓣，剥几个变蛋。你拎几瓶酒，他就打开几瓶酒，二一添作五，一人一半，不欺不哄，公平公开地喝。你若不喝或走人，他就坦然笑说，事要不办，酒就不喝。支书嘛，土皇帝。来者只好又激动又胆怯又无奈地坐下，慢慢喝酒。酒是最公平的，一般的人能与

11

苏治国比拼吗？那年苏麦囤送去四瓶白酒,为的是批宅基地的事。两人喝完第二瓶,苏麦囤硬着舌头说,我投降了,我……事不办了。苏治国倒笑了,独自又大大方方喝了一杯,说,宅基地可以考虑,不过,这剩下的酒你必须拿走。因惧怕他的酒量,自然也就没有人再拎着礼品(大多是几瓶酒)去他家。这倒也风清气正,村里人想办的事也大都一一遂愿了。

来年春分这天,苏治国被120急救车拉走了,是从乡里的饭店拉走的。听说他喝了三斤多酒,人都休克了。

村里人说,看,喝出事了吧,俺就不信那邪。苏治国还没出医院,苏庄村就破天荒地开进了几辆车,有压路机,有推土机,还有拿着皮尺放线的。村里有人问,你们这是干啥?

拿皮尺的人说,你们是贫困村,我们是来修路的,修水泥路呢!

路修好后,村里人才知道,这条路,是支书苏治国那次喝酒争来的。村里看他笑话的人,都感觉心里怪别扭的。

那天,他给新上任的黄乡长接风,专门提到村里的路。黄乡长笑了,黄乡长不说路的事,却说:"听说老苏是大酒量,有名的酒鬼,今天我想试试。眼见为实嘛!"说着,倒了一玻璃杯白酒,足有半斤多。黄乡长笑着说:"喝吧,只要表现好,一杯酒一里水泥路!"苏治国望望黄乡长,没想到黄乡长来这一招,一脸半信半疑的僵笑。黄乡长当即安排身边的财政所长:"你可记好了,我说到做到。"财政所长望望苏治国,忙劝道:"算了,别打赌了。万一喝出事来……"苏治国看黄乡长一脸认真,当即端杯,海饮了一杯。黄乡长笑了,问:"治国,要修几里的路呀?"苏治国算了算,大概有五里路,于是,就毫不迟疑地伸出了五个手指头。看苏治国那么诚恳,黄乡长很兴奋,当即命人又倒了四杯酒。苏治国菜也不就一口,缓缓站起,"咕嘟咕嘟"一连喝下四杯,抹了一下嘴,喘着气说:"谢谢黄乡长,治国逞能了!"黄乡长

"啪"地拍了一下桌子:"真乃军人作风,我要的就是这样的支部书记!"看得一桌人早把眼珠子掉了出来。

这次,苏治国之所以请黄乡长喝酒,说是给新乡长汇报工作,其实是趁机说村里修路的事。他早听说上面的项目下来了,谁主动谁成事,何况自己的村是贫困村呢。望着眼前飘带一样的水泥路,苏治国很感激黄乡长,感激那几杯酒。黄乡长人实在,这种方式着实让苏治国难忘。

进入夏天,苏治国辞去了支书一职。

苏治国辞职,是老婆逼的。老婆说:"治国,我嫁你二十多年了,不想守寡,老支书喝死了,我不能看着你也喝死!"擦把眼泪,又说,"你辞了支书,这日子咱就过;你不辞,我就先死给你看!"老婆手里握着瓶农药,一把鼻涕一把泪地说。苏治国清醒,支书这个岗位也不是自家祖宗撇下的。

苏治国不干支书后,再也没人见他喝过酒,若有酒局,他也是以水代酒。

那年夏天,接任支书的是苏崇权。大家都知道,他夜里做梦都想当支书。听说是苏崇权,大家都笑了,咋恁巧,又是一个酒鬼!不少人见过他拿酒泡馍,连吃带喝的,跟泡方便面一样。

立秋那天,一辆鸣笛的警车突然开进村里,把正喝着酒的苏崇权带走了。

很快,村里人听说,是苏崇权倒腾"低保"出事了。村里人不大明白,他咋倒腾的低保呢?原来,他把低保名额当火腿肠,一个一个地都暗地里给卖了。

村里人不由笑起来,一脸遗憾地跺跺脚下的水泥路,说,"你看这酒喝的,真不比人家苏治国!唉,这酒呀,到底是个啥东西呢?"

13

白色的粉笔

打我记事起,学校就办在村上的旧庙里。起初是一个班级,后来变成五个班级,再后来盖了楼房,成了现在的镇中心小学。学校初建时,带校长在内也就仨老师。几十个春秋过去了,老师不断增加,但都是走马灯似的换,校长也很少有超过两个学期连任的。学校改为中心小学后,才算稳定了下来。一根瘦旗杆竖在院中央,空中的红旗迎风飘扬,就像学校的眼睛——醒目、灵气,给人以振奋激昂的力量。那根精神的瘦旗杆,永远烙在了我的记忆里。

始终没变的,是一个叫吴力的老师。刚建校时的仨老师中就有吴力。直到今天,他仍在学校里,只是不教课了,负责敲钟、看大门、收发报纸。

这庙是观音庙,有年久失修的几间破房子。生产队是在此办学堂,还是设牲口房,读过私塾的吴力起了决定作用。吴力说,在观音庙办学校,后人会有出息的。队长望望识文断字的吴力,当场点了头。

从此,吴力不再干农活挣工分,而是靠教书拿工分。后来,工分不拿了,改为领薪酬,月薪5块。再后来,他成了民办教师,月薪55块。现在,他已转了正，媳妇熬成了婆婆。他的工资是按大专文凭发的，比其他老民办高出一二百块呢。大家见了他，无论大人小孩，无论辈分高低，一律喊他吴老师。

星期天，闹腾的学校静下来了，吴老师就在办公室里自学。在学校学习的还有一个男孩。当然，那男孩是在教室里学习。那个男孩的爹说，儿啊，要想有出息，就学你吴老师；要想风刮不着雨淋不着，还是学你吴老师。

村校里，吴老师第一个报了函授大专班。他想通过自学拿文凭，日后好转正。一次，吴老师学累了，出来伸懒腰，发现了那个苦学的男孩。他给了那男孩两个作业本和一支带橡皮的铅笔。男孩很感激，俩大眼望着吴老师，说，俺爹让俺向你学。吴老师笑了，抚摸着男孩的头，说，好好学，将来当校长。

几年后，那个与吴老师一块学习的男孩考上了师范学校。吴老师很高兴，就跟自己的孩子金榜题名了一样，搓着手说，村校后继有人啦！村校后继有人啦！当即给那男孩拿了路费。那男孩感激地说，谢谢吴老师！又笑着说，我还要谢谢吴老师的"爱心粉笔"呢！

吴老师不好意思地笑了。原来，吴老师对教学的痴爱体现在了粉笔上。粉笔不离手，手不离粉笔。一次他从口袋里摸烟，顺手噙在了嘴里，咋也燃不着，一看，是半根白粉笔。粉笔他还玩出了绝活，他能精准地击中目标。上课时，学生有打瞌睡的，有左顾右盼的，他讲着课，不经意间粉笔头就弹射了出去，击中"目标"。这个男孩就多次领教过吴老师粉笔头的厉害。吴老师教的学生，没有不怕他的爱心粉笔的，上课都聚精会神地听讲。

一次，吴老师遇到了一件烦心的事情。他就找来副象棋，邀一位男教师对弈。他戴上眼镜，摆好棋子，望着对方，却久久不动棋子。后来一个回合里，吴老师突然把"马""啪"的一声搁在了对方"帅"的头上。这一着，是要对方的命呀。对方发现不对，责怪道，吴老师，你怎么"马走田"了呢？吴老师头也不抬，静静地望着棋盘，良久，说，这马呀，在棋盘上，只能走"日"，乱来要违规的。对方察觉出吴老师话中有话，额头上瞬间渗出了细汗。原来，吴老师听说，这男教师给女学生辅导时，不止一次摸女生的手。那次对弈后，这位教师就醒悟悔过了，悄悄给吴老师送去了两包香烟。

不久，上边来了"民转公"政策，吴老师转了正。刚好他函授毕业，调工资时文凭起了作用。他激动地抚摸着红绒皮文凭，幸福地望着那根瘦旗杆，心像天上的太阳一样温暖熨帖。

这年秋天，村里那个男孩师范毕业了。男孩却没有回村，直奔南方，下海捞大鱼去了。吴老师听说后，手里的粉笔掉在了地上，张着的嘴许久没有合上。吴老师让男孩当校长的梦就此破灭了。吴老师望着南方的天空，长叹一声，作为男孩的启蒙老师，他很愧疚，又很困惑。后来听说，那个男孩给学校打来了一笔款，让吴老师设立奖学金。大家都由衷地夸赞吴老师。吴老师不置可否地笑笑，没多言语。

不少人看到，年迈的吴老师时常在校园里溜达，不止一次痴痴地望着红旗，默默地在手心里滚动着几根白色的粉笔……

完美的皮鞋

高校长一头汗水地回到办公室，把乒乓球拍子往茶几上一放，草草擦把汗，随手把毛巾搭在盆架上，一屁股坐进藤椅里，身子久久没动，可他突突跳的心却一直没能静下来。他最近很纠结，也很别扭。其实很简单，就是因为打个乒乓球。乡村学校小，老师少，会打乒乓球的更少。多数老师都是"一头沉"，家里还种着地，哪有心思和空闲打球呢。

刚师范毕业的黄黑明倒是个人才，课教得学生喜欢，乒乓球打得也规范。课教得好，高校长当然喜欢；球打得好，高校长更喜欢。球逢知己，终于觅到了对手嘛，你来我往，银球穿梭，那叫享受，叫愉悦，愉悦中还锻炼了身子骨。然而，时间不长，高校长心里不舒服了，他发现，黄黑明这小子毛病不小，仿佛有一股子冲天的傲气。譬如，他拉一个弧圈球，高校长接飞了，他不但兴奋地吼叫一声，还很享受地把头一甩。那架势，好像自己就是球星似的。高校长就别扭了起来，心里不是个滋味。往深处说，这就是不尊重人，瞧不起他这个校长。真是一叶知秋，年轻孩子可是不得了呀。要是工作差错，可当面指摘，这点小瑕疵却不便出

17

口,要是说出来,别人啥看法?堂堂一校之长,还小肚鸡肠吗?于是,高校长只好把漫上来的一口唾液,默默咽了下去。那纠结也就拂之不去了。高校长私下里想,还真得纠正他这毛病,灭灭他的威风。歪枝不及时打掉,树咋能成材呢?黄黑明几次找他打球,高校长都推辞了,还意味深长地说,工作是第一,打球是业余。黄黑明走后,高校长思忖,看这个熊孩子能悟出自己的良苦用心不?如果觉悟不了,我有的是耐心和时间,校长既得教育学生,还得引导老师呀。

一天,黄黑明来见高校长。高校长发现黄黑明的脸色不大对劲,以为他是来解释或道歉的,孰料这熊孩子摊上事了!

黄黑明说,高校长,您是我的领导,又是我的兄长,学校里谁都知道咱俩走得最近。高校长不耐烦地说,你想说啥,别兜圈子。心里说,高粱熟了,自然低头。黄黑明哭丧着脸,委屈地说,高校长,您是知道的,我采用新的教学法,学生反映很好,可今天班里语文课代表悄悄告诉我,学生吴妍妍的家长要来学校找我,说我摸她的手。高校长问,说实话,你摸没摸啊?黄黑明说,摸了,可那是为了教学呀。高校长半开玩笑地说,吴妍妍是班花,你眼里怪有水的。黄黑明不好意思起来,说,天地良心,我哪能想恁些呢?高校长说,你行得正,还怕个啥?黄黑明说,万一家长来学校,我一百张嘴也说不清呀!高校长说,你知道这不就行了,该注意的一定要注意,你一个人看大家,大家在看你一个人。黄黑明点点头。高校长说,你回去吧,这事让我想想。黄黑明望望高校长,突然感到高校长的白发很亲切,很耐看。

刚出门口的黄黑明,又折身回来了,问高校长穿多大号的鞋。高校长笑了,说,咋,还想贿赂我呀?看看黄黑明一脸的诚恳,高校长反问,你穿多大号的鞋?黄黑明心急没多想,随口答道,43号的。高校长笑说,我也是43号的。黄黑明一愣,那咋可能呢，心想高校长比自己低一头，难道是他的脚跟身材不成比例？黄黑明自然不便多问，转身走了。高校长笑笑，毕竟是年轻人，心里不搁事，要是不答应，不定咋想呢，恐怕连觉也睡不安稳了。

高校长把吴妍妍叫到办公室，笑着说，妍妍同学进步很快呀，值得表扬。吴妍妍俩大眼忽闪了一下，甜甜地说，谢谢高校长！高校长漫不经心地问，黄老师的课好不好呀？吴妍妍答，好呀，可有趣味了。高校长发现吴妍妍对黄黑明并不反感，就觉得这里面有其他原因，顺势问道，听说你爸妈要来找黄老师，你知道吗？吴妍妍小嘴一噘，说，哼！不知是哪个坏蛋捣的鬼，给俺爸妈说黄老师摸我的手。俺爸妈没文化，唉，没文化真可怕！我已经告诉爸妈了，黄老师是个好老师！望着大人一样的吴妍妍，高校长笑了，说，妍妍，好样的！

第二天，黄黑明果真给高校长送来了一双黑色皮鞋。高校长打开鞋盒端详了一番，看到鞋底上的"43"，不由笑了。黄黑明说，校长您试试吧，看看可脚不。高校长边把锃亮的皮鞋朝盒里装，边若无其事地笑说，大小都中，大小都中！望着幽默的高校长，黄黑明笑了。

后来，高校长做心脏搭桥手术期间，黄黑明刚好要结婚。黄黑明很遗憾高校长不能亲自出席婚礼。高校长不能参加喜宴，人不到礼要到呀，就委托儿子转去了贺礼。

黄黑明打开包装精致的红色包裹，一惊，是一双皮鞋，一双黑皮鞋，一双43号的黑皮鞋！黄黑明发现鞋里面还有一张便笺和一支录音笔。

黄黑明忙展开便笺，上面有几句话，是高校长的亲笔：谢谢小明！43号的鞋子，穿到小明的脚上，一定熨帖、大方、气派。祝新婚愉快！

黄黑明笑了,黄黑明感到,飘逸的字里行间藏满了温暖,充满了童心。

拿着精致的录音笔,黄黑明猜想,高校长不能前来贺喜,所以特地录音以表祝贺,心里不禁一阵阵激动。打开录音笔,传来的却是激烈的打乒乓球的声音。黄黑明很意外,继续听,却听到一声声兴奋的吼叫。这不是自己的声音吗?没想到这声音就如同噪音一般刺耳。这一声声尖锐肆意的叫喊,让年岁已高的高校长咋受得了呢?

黄黑明叹一声。蓦地,黄黑明发现,眼前这双锃亮的皮鞋,因不沾一丝灰尘而显得异常完美。黄黑明拿着录音笔的手下意识地发起抖来。

翌日一大早,黄黑明就带着新娘子朝高校长住的县人民医院赶去。

手是我的手，脚是我的脚

发现手和脚有小动作后，脑袋思忖，必须纠正他们，否则身体七零八散的，不堪设想。

脑袋专门剪辑了几段视频，想通过视频来教育孩童一样不听话的手和脚。脑袋说，在请你们观看视频前，我先声明一下，现在我这个晃动的脑壳里，盛的是脑子，我与你们依附同一躯体，是不同的器官，但我是核心，是这个躯体的灵魂。一旦灵魂出窍，我们都将僵硬，失去相应的功能，形同虚设。

手看脚一眼，脚看手一眼，露出了窃笑，说，我们只要完整无损，就可征服一切！

手抡着大圈，说，手就是手，灵巧纤细，袅袅婷婷。哼！

脚抬得老高，说，脚就是脚，敦实厚重，粗壮有力。哼！

左手和右手亲密地搭在一起，应付着看视频。

左脚与右脚友好地并在一起，敷衍着瞥了几眼视频。

视频一：一个士兵在枪林弹雨中穿梭，一只胳膊和一条腿均中弹挂彩，另一只胳膊和另一条腿仍不屈地携枪匍匐前行。

关闭视频，脑袋说，我们看到，当一只胳膊和一条腿受伤后，另外一只胳膊和另外一条腿仍在英勇作战。你们知道这是为什么吗？

因为那只胳膊和那条腿还健在嘛。

脑袋摇了一下，笑说，因为脑袋健在，它指挥着那健在的胳膊和腿呢。

视频二：一个死刑犯正被执行枪决，后脑勺被射穿，人轰然倒地。

关闭视频，脑袋问，你们看到了什么？

人被打死了。

脑袋笑笑，说，是脑子死了。

视频三：一个手脚被捆绑的士兵面对敌人，只有喊叫，无还手踢脚之力。最终被残忍杀死。

脑袋感叹说，没了手脚，再聪明的脑子有啥用呢？

手和脚急不可耐地离开视频播放间，各自笑了一声，说，净胡扯！拿视频忽悠我俩，你当我们是傻帽呀！

脑袋发现手和脚是启而不发，只好摇了摇脑袋。

手和脚欢快地进了一家火锅店。酒足饭饱后，步出店门，他俩摇晃着钻进了车里。

脑袋严厉地说，严禁酒后开车！

手拍拍方向盘，说，今儿你说了不算！

脚踩着油门，说，今儿老子说了算！

车子发动，窜了出去。

"咣当"，车与石磴咬在了一起。

手术台上，手看看脚，脚望望手，笑了。万幸啊，毫发无损，安然无恙。他们倒发现脑袋竟是血糊糊的。

这时，手感到自己动弹不得，胳膊肘仿佛一根棍子，死不打弯。

脚也感到自己僵硬麻木，好像两条铁棍插在躯体上。

就听一旁的男白大褂说，脑已经死亡了。

手和脚异口同声地呐喊，手是我的手，脚是我的脚啊！

那男白大褂又叹息一声，说，这胳膊又白又长，两条腿也粗壮有力，可惜啊，都废了！对别人不负责任，就是对自己不负责任呀。

一旁的女白大褂惊讶地说，听，他的心脏还律动有声呢。

男白大褂摘下厚厚的眼镜，轻声说，没用的，脑中枢神经死了，一切都无可救药了。这么简单的道理，咋不懂了呢？说着，摇摇头，感叹道，有时候呀，越简单的东西，理解起来越难。

啃骨头的蚂蚁

黑蚂蚁举手揉揉左眼，又揉揉右眼。

黄蚂蚁抬起细胳膊，也揉揉一双小眼睛。

天空中飘着雾状的雨。蚂蚁的眼睛里也飘着朦胧的水雾。

同时，他们的眼睛里，还飘着宽阔的水泥路面。他们的家园被新铺的厚厚的水泥盖住了。

黑蚂蚁说，人类文明了，我们却没了家园。黑蚂蚁的一滴眼泪无声地落在了灰色的路面上。

黄蚂蚁皱皱细眉，无奈地叹道，黑哥，我这就回去，动员众蚁兄蚁妹，抓紧移居，寻找新家园。

黑蚂蚁点点头。

黄蚂蚁扭身消失在袅袅雨雾中。

这时，一辆黑色轿车疾驰到黑蚂蚁跟前，旋即又风驰电掣地驶去了。要不是车扬起的风把黑蚂蚁吹飞到了路边，他肯定就被轧扁了。

黑蚂蚁翻身站起，擦擦身上的水渍，不禁骂道，臭小子，你不要命了，老子还要呢！

正骂着，忽听到呼呼啦啦滚动的响声，细瞧才发现，原来是从汽车上扔下的一个小塑料瓶滚动发出的空洞声音。

黑蚂蚁赶到瓶子前,看到是个白色的小瓶子,用鼻子嗅嗅,一股香味扑鼻而来。黑蚂蚁感叹道,人类真是高级,真会享受,可怎么着也不该丢弃在路上啊。

"咔嚓"一声脆响,一个骑电动车的女子摔倒了。那电动车的前轮刚好轧着了那白色的小瓶子。女子抚摸着腿,坐在路上痛苦地呻吟起来。

黑蚂蚁吓了一跳,险些被电动车砸住。

黑蚂蚁瞅瞅气愤的漂亮女子,又望望飘带一样的水泥路面,思忖道,要没这水泥路,没这破瓶子,会出这车祸吗?

黑蚂蚁想着想着,眼里又流出了泪水,因为,他想到,要不是这路,自己的家园能消失吗?

这时,黑蚂蚁看到,黄妹正领着浩浩荡荡的蚁队朝他赶来。

黑蚂蚁慌忙迎上前去,握住黄蚂蚁被雨雾打湿的手,说,黄妹,辛苦了!

黄蚂蚁擦拭一下眼睛上的水雾,指着身后的蚁妹蚁兄说,黑哥,都来了。

黑蚂蚁指着静静躺在路面上已被轧瘪的白色瓶子,叹一声,说,一个人从车里丢弃的,摔倒了一个女人,还险些要了我的小命。

黄蚂蚁发现黑哥眼里噙满了委屈的泪水。黑哥一定受惊吓了。黄蚂蚁一下子抱住了黑蚂蚁。黄蚂蚁感到黑哥浑身阵阵战栗。

人类的有些文明,我们是不能苟同的。黄蚂蚁镇静地说。

黑蚂蚁泪眼婆娑地望着黄妹,点点头。

这时,一只幼小的蚂蚁赶来,气喘吁吁地说,报告一个新情况,大家都不愿意离开自己的家园。

　　黄蚂蚁惊讶地望着黑蚂蚁。

　　黑蚂蚁没有表态,倒要看看他们要做什么。

　　小蚂蚁扭头抬手一指。

　　黑蚂蚁惊讶地看到,数以千计的蚂蚁正在拼命地啃噬那铁一样的水泥路面。路面下,是他们原来生息的地方。

　　小蚂蚁说,大家发扬的是我们的传统美德——蚂蚁啃骨头的精神!

　　黑蚂蚁望着黄妹,眼里充满了希望和灵光,突然振臂高呼:不屈不挠,守住家园! 说着,一头扎进了忙碌的蚁群中。

　　面对黑压压的有冲天干劲的队伍,黄蚂蚁禁不住涌出了泪水。她说不清楚是激动还是感动,是悲愤还是昂扬,反正,她的心里充满了水泥一样的凉意。

　　后来,一场罕见的大暴雨,把这段水泥路冲毁了,还有车辆抛锚漂浮在里面。人们自然想不到这是一群倔强的蚂蚁惹的祸。

　　那群蚂蚁,早随"洪水"漂流远去了。

　　漂流中,黑蚂蚁自信地对黄蚂蚁说,此处不留爷,自有留爷处!

狗
精

费费是一只直立行走的狗。

那天,费费从主人家逃出来,少了管制,多了轻松,心里亢奋。他扬起前肢,站立了起来。站立后,他试着向前迈步,竟稳稳地用两条后腿走起了路。迈左腿,跟右腿,迈右腿,跟左腿,大街两边的高杆路灯一个一个缓缓向后移去。费费感到视野开阔,心明眼亮。站着就是好!站得高看得远嘛。

费费直立着走在大街上,虽比人类低矮一些,迈步也缓慢一些,可终是头朝上脚在下,比头朝前腚在后境界高多了呀!

走着走着,费费突然感到自己有些不妥,哪里不妥呢?费费看到直立走着的人类没有赤身裸体的,都穿着得体的衣服。原来四肢着地时没这感觉,现在却突然感到十分不雅观,尤其是那毛茸茸的家伙戳在前面,多不文明啊。

于是,费费抬腿迈进了一家服装店。

穿上红马甲、黄裤头、白袜子,费费边走边自豪地东瞅西瞧看景致。瞅着,瞧着,突然又感到缺少了什么。缺少了什么呢?缺少了个伴侣!你看,人类是男的牵着女的手,女的抱着男的腰,相偎相依,多幸福多温情呀！费费就想起了邻居家的旺旺。他和旺旺常在阳光下嬉戏,你嗅嗅我,我嗅嗅你。那年阳春,旺旺还给他生了一窝狗崽呢。费费担忧旺旺不能直立行走,因为,直立了,就与先前迥然不同了,就改变了原来的秩序和生活了。

费费叹一声,心想只能试试了。

费费找到旺旺。旺旺看到穿着一身新鲜衣裳的费费直立着走到自己跟前,很愕然,很陌生,也不乐意接受。待费费耐心地讲解了直立的美妙感受后,旺旺就半信半疑地进行了试验,没料到自己也能直立行走,而且行走姿态优美,跟模特儿一样。

旺旺对主人忠诚,不愿抛开主人。费费严厉地斥责她说,我们狗类被人类奴役的时间还不够长吗？你就愿意过叫人使唤的日子吗？你难道不知道什么叫解放和自由吗？

旺旺被费费一连串的质问打蒙了,直立着左转一圈,又直立着右转一圈。看到旺旺有所心动,费费就微笑着语重心长地说,我俩已经会直立行走了,这很不容易,这是狗类的突破,是狗类的文明！我们要珍惜和发扬。旺旺含情脉脉地点点头,悄无声息地跟着费费逃离了主人家。

费费带着旺旺到服装店选了件充满朝气的红色连衣裙。

就这样,费费领着旺旺,狗模狗样地直立着走在行人如织的大街上。

费费不忘浪漫,牵着旺旺的秀手,迈进了街心公园。费费看到有男人女人谈情说爱,就学着与旺旺缠绵拥抱。旺旺的红舌头水淋淋的,闭目含情,直逗得费费呼吸紧张。费费又着急又粗鲁,旺旺害羞地避开了,低声嗔怪道,这是公园,你咋那么狗急呢,一点儿都不注意影响。费费一脸淫笑转为一脸尴尬,心里说,咋恁些讲究呢,还没先前自由！又想到自己的同类不择场合不择时间地交媾,与文明的人类差距真大啊。

那次公园之行对费费启发很大,从此,他就专心关注起人类的文明来,学出门绿灯行红灯停的文明,学交际跳拉丁舞的文明,学饮食素多荤少的养生文明,学公开场合言谈举止的文明,等等。

这天,费费与旺旺跳拉丁舞时,明显感到旺旺行动迟缓,多有不便。原来旺旺怀孕了。费费就祈祷,我的后代不能再四肢着地行走了,一定要直立行走,做直立向上的狗。

果然,费费的后代一个一个都是直立行走的,且行走的姿势大方、优美、干练。男狗稳健,女狗柔美。

初冬的一场雪后,费费牵着旺旺的手在街上赏雪景。忽然,听到有人惊喊,哎呀!我的娘,你看那俩狗,狗模狗样的,还赏雪景呢!就有人上前围观,窃窃议论,弄得旺旺一丁点儿兴致都没了,拉着费费的手就走。费费"呸"一声,不情愿地扭头离去了。有人笑着说,这狗也成精了,还学直立行走呢,乖乖,比哈巴狗好看多了。一会儿,又有人大叫,这是咋的啦,这是咋的啦?语气惊讶,肯定有什么稀罕事发生。费费扭头一看,吓了一大跳。街那边厚厚的雪路上,一个女子一丝不挂地走来了,雄赳赳气昂昂的,连鞋也没穿。女人越走越近,肥肥的腰身和鼓鼓的乳房一颤一颤的。费费想,跟我刚直立行走时一样,赤身裸体的,好在自己还有一身黄毛,可这女人仅露出了一撮黑毛,很醒目。女人浑身白花花的,很刺眼。

费费看得止住了脚步,嘴里喘着气,流出了口水。旺旺发现后,毫不客气地抬脚踢了费费一下,骂道,无耻!费费这才笑了一下,感叹道,人类啥事情都有,要比我们狗类复杂得多呀。旺旺也叹一声,肯定是情感纠葛,没意思的事情弄大了。费费接道,我们要做有胸怀的狗类。旺旺说,那必须有知识,知识能提升素养。费费点点头，说，只有学习才能获得知识。

回到家，费费就开始抓孩子的教育，决定派最聪明的儿子迪迪，到人类的高级学府进修。儿子迪迪不负父望，学有所成，回来开设了初级学堂。当人类来到费费的家园，看到一个一个背着书包的小狗狗，直立地穿着可身的花衣服走路，笑着说，看哪！小美人似的，真可爱！

其实，费费不知道，他们生活的家园，早被人类开发成旅游景区了。他们的家园被人类叫作"直立行走的狗之岛"，很吸引人，难怪那么多花花绿绿的人在这里穿梭。

是迪迪最先看到了"直立行走的狗之岛"这块醒目的牌子，后又沿着导游图指示的路线走了一圈，听到游人兴趣盎然的谈论，这才明白咋回事。迪迪及时向父亲费费汇报了情况。费费气得把心爱的茶杯摔了个稀巴烂，骂道，这人类，真不像话，啥钱都赚！

迪迪也咬牙切齿地跺跺脚。

夜里，辗转难眠的费费突发奇想：与人类比试比试，也就是挑战一下，长长狗类的志气！说心里话，他是想出一口被人使唤的恶气，除去被人类利用的窝囊。

媳妇旺旺却很担心，怕引火烧身，劝慰道，比试一下可以，不能较真，因为人类比我们直立行走早几千年，大脑更发达。

费费气得哼一声，说，我的狗子狗孙，个个伶牙俐齿，个个是狗才，比那自诩文明的人类强多了！

经迪迪斡旋，一场人狗智慧比赛拉开了帷幕。

先是动作比赛，人狗钻圈。

狗崽很灵巧地钻过几道圈。小朋友也轻而易举地过了圈。第一回合是平分秋色。

接着是拉丁舞比赛。男狗崽和女狗崽跳得激情四射，行云流水,舒缓自如。赢得了笑声和掌声。评委给了高分。两个小朋友不甘示弱,踩着音乐的节奏,跳得韵味十足,淋漓酣畅。掌声中评委也亮出了高分。

要想把狗崽队和小朋友队分出个高低,最后只能看智力比赛这一关了。比赛方式是抢答。

"3+5=?"一只直立的狗"唰"地摘走了题牌,迅速写上"8"。

狗掌声顿起。

"8-4=?"的题牌刚举起,就被一位小朋友上前夺下,抖腕填上"4"。

人掌声四起。

"2×3=?"的题牌还没举起,一只伶俐的狗鱼跃夺下,眨眼写上"6"。

全场响起人掌和狗掌声。

"8÷2=?"的题牌一出手,一个小朋友上前直接挥笔填上了"4"。

掌声再起。

最后一个题牌明晃晃亮出:(8+2-5)×3÷3=?

会场顿时静了下来。参赛的狗崽们面面相觑。参赛的小朋友也犹豫了一下。

主持男人和主持女狗异口同声说,我们喊一二三,再不摘题牌,将宣布这场比赛平局!

主持男人喊,一!

主持女狗喊,二!

这时,一个戴红领巾的小男孩跑步上了舞台,向观众鞠躬致敬,向主持人(狗)鞠躬致敬,微笑着摘下题牌,略一思考写出了一个数字:"5"。

全场报以经久不息的掌声。

显然,狗队输了,输了一道题。

费费静坐着,一动不动。旺旺用余光看看丈夫费费,一言不发。

迪迪猛地捶了一下椅子的扶手。

颁奖开始了,激扬的乐声响起。

这时,迪迪解开领带,突然起立,迈开细腿,笑着跨上舞台,来到站在舞台中央正准备领奖的小男孩面前。猛地,他收敛了笑容,用力一跳,张嘴龇牙咬了过去。男孩在惊叫的同时,灵巧地躲闪了过去。全场哗然!

作为父亲的费费一下子惊呆了,站起来骂道,不知天高地厚的家伙!

回到家里,旺旺说,我们失败的原因在于我们只会简单的加减乘除,不会混合运算,我们拿自己的短处,来与人类的长处比拼。

费费说,这已经很难能可贵了,狗史上有先例吗?说着,瞪了一眼儿子迪迪,叹息一声,说,你也太冲动太低级了,咋能咬人呢?人类最忌讳的就是被狗咬了。

迪迪自知犯了错误,垂头丧气,无精打采。

费费责怪道,一点儿都不成熟。又说,想想我们的出路吧,狗无远虑,必有近忧。

费费看到,爱妻旺旺的眼角滚出了亮晶晶的清泪。

费费叹一声,说,小不忍则乱大谋,冤家宜解不宜结,人类的报复心理是很强的,我们要冷静对待。

旺旺佩服地望着有城府的丈夫,她很满意费费处理这一棘手事件的策略,粉脸上这才露出了一丝轻松和笑意。

费费拍拍儿子迪迪的瘦肩膀,意味深长地说,这些经验,都是从人类那儿学的,以其人之道,还治其人之身。迪迪忙点点头。迪迪发现父亲脸上的褶皱里藏满了深沉。

这天，费费果然听到了人类说要把直立行走的狗当狂犬来处置的传言。狗虽然是人类的朋友，但他们最记恨狂犬，因为狂犬咬了人，人就会死的，所以人类还专门研究生产了狂犬疫苗。费费望着阴云密布的天空，说，这一天迟早要来，狗子狗孙们，我们怎么办呢？

不久，"直立行走的狗之岛"旅游区突降奇兵，他们荷枪实弹，如临大敌。经过一番侦察搜查，他们愕然了，连根狗的毫毛也没有觅到。望着空荡荡的狗窝，他们不禁感叹，难道这群狗真成精了吗？

斯猫安息

女儿读高二了，学习紧张，难得见她一面。一早起床后，我轻手轻脚到女儿的卧室，爱怜地瞅一眼女儿，帮她掖了掖被子。女儿睡得正香，圆嘟嘟的脸庞斜对着八点钟的太阳。一盏红色的台灯疲倦地淹没在高考辅导资料中。轻轻地带上房门，来到客厅，我探头嗅嗅茶几上的杜鹃花，花儿开得正艳正红，有丝丝芳香扑鼻。我习惯性地来到电子秤前，双脚站稳测量体重。现在正建设小康社会，生活质量十分重要，大家越来越重视健康了。

正当我准备吃掉一个荷包蛋、喝下一杯牛奶时，女儿惺忪着眼睛走出了卧室。女儿边揉着眼睛，边踏上了电子秤。她很关心自己的体重，可我们谁也不知道她的体重。这是她天大的秘密。或许 65 公斤，或许 75 公斤，反正数字不会小了。你仔细听，她从秤盘上下来时，那秤盘上的指针会发出"啪"的一声脆响，你就会明白咋回事了。你不要询问她，那是白费口舌。如果你趁机偷看她称重，她会急忙捂住你的眼睛。

楼前口叽叽喳喳的吵闹声，引得女儿打开了家门。

原来，是一只猫死了。确切地说，

猫仍在挣扎。它痛苦地呻吟着,嘴角溢满白沫,四条短腿一伸一缩,腹部鼓鼓的,浑身痉挛。

爸,快来!女儿惊讶地扭头朝我喊道。

爸,这是前不久在我们家逮了只大老鼠的那只黄花猫。女儿的声音里有了悲情。

猫仍在挣扎、痉挛,节奏明显放慢了。围观的人都惋惜地说,这猫快不行了,从鼓鼓的肚子上看,是吃了药老鼠了。

猫是老鼠的天敌,没想到鼠猫竟同归于尽。

我心生悲怜,望着众人,脱口问道,谁家有解药?

没有。有人答道,这一时半会上哪儿弄解药去呢。

又有人说,即使有了解药,恐怕也迟了,毒鼠强药性厉害着呢,几秒钟就能要了老鼠的命。鼠肉已在猫肚里消化吸收,不可救药了。

围观的人不免发出几声无奈的叹息。

我忽然想起,小时候在乡下老家,经常有因鸡毛蒜皮的小事而寻短见喝农药的人。大家慌忙把喝农药的人用架子车拉到乡卫生所抢救,一番洗胃灌肠打吊瓶,有命大的,竟从死神手里又夺回了生命。虽然多少都留有后遗症,但活着比什么都重要。

我忙说,我去找找解药,你们快喂些水吧。有了这只大花猫的光顾,我们这个小区生活免除了不少鼠害。

爸,回来吧。女儿带着哭腔说。

我忙转过身来。那猫已经停止了挣扎,四条腿僵硬地伸着,嘴巴再也没能合拢,白沫沾满了嘴角。

几个人念叨着这只黄花猫的功劳,就在小区角落的一片绿荫处,挖了个不大不小的坑,把猫软埋了。最后,大家把黄土堆得像坟茔一样,才怀着沉重的心情缓缓离去。

翌日一早,在小区散步,我却意外地发现,那黄花猫的坟茔变成了一个浅浅的坑,那猫尸不见了。

莫非灵魂再现,那猫复活了?

我把那坑填平,无奈地摇了摇头。望着那片绿荫下的新土,感到有丝丝鬼气森然冒出。

没几天,县电视台晚间新闻上播出了一则关于食物中毒的消息。其实,中午就听到了不少人在议论食物中毒事件,以为是谣言。现在谣言漫天乱飞,谁能轻易相信呢。看来,中毒事件是真的。

这倒没引起我多大的兴趣,可后来美女播音员说,是我们小区有几人中了毒,经查是鼠药中毒,才引起了我和小区人们的关注。

小区在黑夜里震惊且不安了!

是人为的?

不是!是吃羊肉串吃的。

扯淡!羊肉和鼠药有关系吗?风马牛不相及呀。

是挂羊头卖猫肉啊!

哦,原来那只死了的大花猫,是人为"复活"的!

弄明白事情的真相后,众人愤怒了,好像中毒的不是别人,是自己。

有人骂,奶奶个腿,良心叫狗吃了呀!

有人叹息一声,发出牢骚,这鸡猫狗种,是不能喂养了。

有人附和说,是啊,鸡得"禽流感",狗患"狂犬病",猫吃"鼠药"。

有持不同见解的,气愤地争辩道,这能怪罪猫吗?猫逮老鼠谁有意见呢?猫咪要是知道那老鼠吃药了,打死也不会吃呀!好好的一只猫冤死了,那罪魁祸首呢?

突然,有人问,中毒的事情政府介入了没有?

听说工商、质监等部门已查封了县城所有的烧烤摊点。有人答道。

我们决不能听之任之。我气愤地说,明天一早,我就去政府反映,也为大花猫申冤,把那见钱不认人的不法分子绳之以法!

好,多选几个代表,一块儿去!大家纷纷响应。

抓紧调看监控,配合政府尽快破案,免得再有人受害!看众人统一了思想,我既激动又兴奋地说。

唉,还有什么能吃呢?黑夜里众人一片叹息,各自散去。

不法分子很快原形毕露。原来是小区门口那家"羊头烧烤"干的,羊头烧烤的老板那天也在大花猫死去的现场……

综合执法部门在小区居民的配合下,捣毁了摆在小区门口的羊头烧烤摊点,像除恶降魔一样无比痛快。还有人喊道,羊头烧烤,去你娘的狗头吧!

当然,我自告奋勇,一马当先,冲锋在前,位卑未敢忘忧国。

回到家,发现妻子正在电脑桌前忙着。她一脸倦容,真切地说,你看看,现在还有什么能吃。我们要自我保护,我正在查哪些是转基因食品,哪些是致癌食品,哪些是垃圾食品,哪些是传播病毒的食品……

亡羊补牢犹未晚。我笑着说,也不能一朝被蛇咬十年怕草绳,更不能因噎废食呀,我们这不都生活得好好的吗?

虽如此说,我却猛然想到,女儿才 16 岁,体重已不知是 65 公斤还是 75 公斤了;又想起,女儿在 5 岁那年就换了门牙,我们可是"八岁八,掉狗牙"的啊……

剽悍的黄花猫的影子,又在我的眼前晃来晃去。"凶手"已除,斯猫已去,安息吧!我闭目祈祷。

猪的幸福

我娘赶集时买回来一头黑乳猪。爹把那小猪往猪圈里一撒，它夹着短小的黑尾巴，一下就躲到猪圈角落里去了。它仰头敌视地望望我娘，望望我爹，又望望我。

我爹把猪东瞅瞅，西望望，猛地跳进猪圈里，脸憋得通红，半天才望着我娘问：

"我叫你买的啥猪？"

"母猪啊。"我娘坦然地回答。

"你公母不分吗？"我爹厉声呵斥道。

我娘忙打开猪圈门，撵着猪查看个究竟。

这时，我爹"砰"的一脚，把褐色的塑料猪食盆踢到粪坑里，甩下一句"日你个祖宗！"愤然离开猪圈，倔强地迈出了家门。

爹的这一声吼，我娘听着，是骂她的；那头猪听着，是骂它的。

唉！那卖猪的咋坏了良心呢？我娘无力地倚在猪圈栅栏门旁，许久未动。我娘明白爹的苦心，一头母猪，喂个年把，就能下猪崽。下了猪崽，我们弟兄几个就有了饭吃，有了书念。

因这头公猪，我娘算倒了霉了。一晃七八个月了，没少吃没少喝的，就没见这头猪长个儿，除了猪脸皱纹深了，猪毛粗了，猪叫声响了，没有其他任何明显的变化。我娘因此无端挨了不少我爹的吵骂。我娘自知理亏，不敢与我爹争辩什么。每当我爹恼怒滋事，我娘就仇视一眼那不争气的猪，气得几天不喂它东西吃。

一天晚饭后，我爹猛抽口烟，边吐着蓝烟，边对我娘说："明天找人劁了它！"说罢，咳嗽了几声，啐口烟痰，倒床睡了。

我娘知道我爹心里不好受，手头又没有多余的钱再置换头母猪，只好等着把这头公猪养大养肥了。我娘知道我爹为了这个家，里里外外操碎了心。

我娘破例把刷锅水和剩饭残渣给那头黑公猪加了顿"夜宵"。

夜里，我娘做了一个梦，梦见这头黑公猪摇身变成了头大母猪，一连下了几窝猪崽……第二天一早，一夜没睡好的我娘披衣站在猪圈门口，傻了眼了。急忙喊我爹："他爹，快出来！"

原来圈里多了一头猪，一头母猪，一头发情的母猪！

我爹并没有显出十分的兴奋。他清楚那头打圈子的母猪交配后，是要离开的。

我娘也冷静了，全然没有了刚才的激动。

下地干活回来，我娘一进家门就直奔猪圈。我娘一天都魂不守舍的，那心思全在家里的那头发情的母猪身上。

那头母猪还安在。

夜里，爹抽着叶子烟，歪在床头，对我娘说："等着明天有人来找吧。"

我娘点点头。在当时，一头猪就是庄户人一家最值钱、最金贵的东西了。

三天过去了，没有人来找。

十天过去了，没有人问丢猪的事。

可想，我爹我娘那心悬在了何处。把那母猪留下，心里不安；赶走吧，又不知是谁家的。

没想到这头瘦小的黑货是块吸铁石，把那母猪像铁一样地给吸住了！我爹脸上有了喜色。我娘发现我爹脸色不那么难看了，也松了口气。

天上掉馅饼的感觉就塞进了我爹我娘的心窝。他们满瓢满盆地喂那公猪时，心中的怨气也荡然无存了，喜滋滋地想，多亏是头公猪啊！

母猪快要下崽时，那头不争气的公猪也争气了，个头儿一晃也魁梧了，雄赳赳像个"男子汉"了。

更令我爹我娘惊讶的是，那公猪和母猪吃食时，从不争抢，互相谦让。它们饱餐后，相偎相依，眉来眼去，缠缠绵绵。"他"哼哼一声，"她"嗯嗯一句。"她"前脚进窝，"他"后脚跟进，须臾不曾离开。"她"大腹便便，多有不便，这时，"他"一马当先，鞍前马后，铺床让食，尽显英雄本色。满猪圈的温馨情调、和睦气氛。

12只小猪崽哼哼嗷嗷满猪圈乱爬乱拱，喜气洋洋。12只小猪崽就像12块黑煤球，熊熊点燃了我爹我娘困顿尴尬生活的希望之火。我娘说，天无绝人之路啊。

正当我爹朝手指上吐唾沫，耐心地数着卖猪崽换来的钱时，我娘却意外地发现那头公猪和母猪，闷头躲在猪窝里，一声不响，一动不动，毫无生机。我娘似猛然感到了它们的失子之痛。

我爹吐口香烟，对我娘说："好在它是猪。"

"要是人还不杀了你！"我娘不客气地说。

我娘一连八次注意到那头公猪和那头母猪，在我爹用沾着唾沫的手指数钱时，落寞地相拥着躲在猪窝里，一动不动。

在它们一次次由"得子"之幸转为"失子"之痛后，我们弟兄几个都如期完成了学业。

我爹我娘终于舒了口气。每当村邻艳羡地在我爹我娘面前，谈起我们弟兄几个都像模像样地在城里混时，我爹我娘脸上的皱褶里就填满了自豪、骄傲和满足。

说实在话，在城里的我们弟兄几个既感恩父母，又感恩那两头猪。

就在我们真诚感恩那两头猪的时候，就在我爹快要再一次用沾着唾沫的手指数钱的时候，我娘疯狂地对我爹喊道："他爹，你快来！"

我娘急得就只能说这一句话了。

原来，猪圈里，那头快分娩的母猪不见了，那头公猪也不见了！猪窝一片狼藉。猪圈门倒在地上。整个猪圈里一片死寂，唯有猪遗留下来的浓浓气息。

我娘不知道昨夜那头公猪做了一个梦，梦见猪圈塌了，满天雪花一样下着香喷喷的猪饲料……

我爹手持烟袋，喉结不停地上下滚动，没有做出任何反应。

…………

后来，有人对我娘说，在村北河沟里，看到了那两头猪，还有一群小猪崽，行军队伍一样，边啃草边哼哼着赶路。

我娘忙找到我爹。我爹苦笑了一下，说："他娘，既然'私奔'了，就不要找了，找也没用的。这几年，多亏了它呀……"

我爹又自言自语地说：

"当年，咱俩门不当户不对，你爹嫌贫爱富，你不是也背着你爹娘，硬和俺登记结婚……我们不也熬成了一大家子人了吗？"

我娘不禁失声痛哭起来。

其实

保安小方从医院回来后,保安老刘不免眼红。眼红小方有机会接近公司的韦总。要知道,接近一次韦总就多一次转正、进步的机会呀!

韦总病了,小方被选派去医院照顾韦总。

小方,你咋伺候的韦总呀? 老刘问道。

小方清楚老刘比自己进公司早,有些瞧不起人。譬如,老刘常念叨一句诗"红军不怕远征难",小方就接上"万水千山只等闲",可当小方有兴趣念叨"红军不怕远征难"时,老刘却不接腔。其实也没啥意思,高兴了嘛,老刘有时候就这么孤傲。然而,当听到老刘续接小方的下一句是"脖子腰杆疼死了"时,小方会笑弯了腰的。明摆着老刘的文化水平一般般,他却狡辩道,我们当保安的,哪个不是脖子长,腰累酸,最终不疼死呀! 原来老刘是把"五岭逶迤腾细浪"故意翻改成"脖子腰杆疼死了",是说保安挺不容易的。

笑后,老刘又嘱咐小方,你还年轻,好好干吧,努力转正。小方又觉得老刘这人怪直爽的。这转正的念头就栽种在了小方的心田里。

咋伺候韦总的？还不是迎迎客人，说几句客套话。小方望着老刘的脸说。

其实，小方伺候韦总，是用了心的。他盯着韦总悬着的尿袋，还不到一半时就去放掉。淡黄的液体箭一样兴奋地射进痰盂，小方也不免兴奋，一般的人能有这放尿的机会吗？再说，他也没闻到韦总的尿味有多臊。小时候给爹娘倒尿盆，他也没感到尿水有多难闻。这就是常说的心理作用吧，他心里嘀咕。如果韦总给自己转正了，韦总不就是再生父母吗？给爹娘倒尿盆，给韦总放放尿，心安理得。但除此之外，他还真没有给谁干过这难堪的活儿，包括媳妇在内。一次，媳妇没把尿盆端出倒掉，小方就大骂了媳妇一顿。

"你是公司的保安？"韦总突然问。

"是的，司令。"小方忙答，"我叫小方，方平安。"小方总称韦总为"司令"，他始终这样另类地称呼他的神圣上司。

就听韦总说："好好干，组织不会亏待你的。"

其实，小方不知道，这句话是韦总的口头禅。

司令的这句话，让小方干得更带劲了，那尿袋刚存了一点儿尿，他就忙放掉。

中秋节到了，媳妇给小方送来了老家自制的油酥月饼。他突然心生一念，这土月饼配方独特，营养丰富，自己决不能吃，得送给司令。于是他就拎着月饼到了韦总的办公室。

正忙着的司令一愣，眼里是看陌生人的眼光，生硬地问："你是谁？拿月饼干啥？"

小方忙说："司令，我是小方呀。"

"这是我们公司的保安。"一旁的办公室主任解释道。

小方讪笑着把月饼放在茶几上，后退着离开了。出了门，小方叹一声，公司大，人员多，司令忙，哪能记住一个小保安呢？

其实,小方不知道,他离开后,韦总就把那月饼随手扔进了垃圾篓,心里还埋怨说:"想让我得糖尿病啊!"

时间久了,保安制服都穿褪色了,小方也没发现自己有什么新进步。工作没了激情和奔头,他就寻机去另一个单位当了保安。临走,老刘安慰小方,还是好领导多,只是你还没撞见。

这天小方巡逻,发现屋里一个人很面熟。那不是司令吗?他不禁一惊。

"司令,您好。"小方忙谦恭地隔窗打招呼。

司令一愣,好像不认识他。

他赶紧说:"我是小方。"

司令一言不发,宛如没听到他说的话,但司令俩眼圆睁,隔窗紧紧盯住了他的左手,仿佛发现了什么稀罕东西。

小方一时糊涂了。

这时,司令说话了。只听他小声说:"来,小保安,你手里那瓶纯净水,给我喝,好吗?"

小保安?小方心里顿时涌出说不出来的滋味。

"我是小方。"方平安又耐心地解释了一遍。

司令依然盯着那大半瓶纯净水,说:"小保安,放心,今天我刚来这里,等我出去后,我立马给你转正。你不能总干临时工吧?"

小方一下子明白是咋回事了。原来,司令真渴了。原来,司令犯事了。他猛然记起《动物世界》节目里,凡是受惊的动物,都要跑到河边喝一阵子水的。

明白后的小方很愕然。

他望望院里高高飘扬的红旗,又望望屋里可怜可恶的司令,心想,我那月饼不甜吗?你那老尿不臊气吗?我要不干临时工还能在这儿见到你吗?

　　小方突然嘿嘿笑了,心里说,我的司令,你要是叫出"小方"俩字,我一定给你一瓶纯净水喝;再退一步说,你要是不提转正的糗事,我也会让你喝一瓶纯净水的。现在说这话,哄三岁小孩吧,当初干啥去了?狗眼看人低!方平安忽然收敛了笑,转身离开了。临时工也是人,并且是堂堂正正的人!他气得一下子把那半瓶纯净水投进了垃圾箱。

　　小方不知道司令想的啥,他猜想司令可能要骂他是个"犟种"。

　　回到保安室,小方却坐卧不安。落井下石,还是人吗?有难不救,肯定不是人!这个时候不能跟他这样的人一般见识。

　　于是,当小方再次出现在司令面前时,司令又一愣。

　　看到一瓶崭新的纯净水摆在窗台上,司令欲言又止。

　　"这瓶纯净水,也洗洗你的大脑!"显然,小方还在生司令的气。

　　他突然发现司令的眼角慢慢地滚出了泪水。

　　小方猛然想,临时工哪个不好?当临时工多自由自在!

　　离开司令的那一刻,一种从未有过的轻松和畅快,真真切切地掠过了方平安的心头。他仿佛听到了司令咕嘟咕嘟大口饮水的声音。

　　其实,司令并没有喝那纯净水,只是拧开了瓶盖,久久地望着,望着。

酒事

小蔡坐在办公桌前,下意识地挠头,这是小蔡蹲机关多年养成的习惯。挠着挠着,却停顿了下来,他意外地发现手指间夹着七八根头发,细辨有黑的黄的也有白的。大量脱发,还有不少黄白头发,说明人变老了。时间都去哪儿了,还没好好感受年轻就老了。屈指算来,工作已 13 个年头了。人生有多少个 13 年呢?数字不小,可奋斗的成绩却寥寥无几——自己还是个虚职且是副的。想着想着,不觉悲从中来,情绪十分低落。

回到家,小蔡对妻叹气,唉,老了。妻说,胡说啥。小蔡嘟哝,黄发、白发、脱发。看小蔡一脸的沮丧,妻安慰说,奔四的人了,还不能有几根白发?小蔡叹气,人都老了,还奋斗个啥劲。妻知道他的心事,不无埋怨地说,我多次叫你去市里找咱姑父,你就是拉不下脸面,自命清高,能怨谁呢?工作只是一方面,你咋不开窍呢?小蔡想想也是,姑父在市里是有一定影响力的人物,再不找找,难道要虚职到二线吗?

第二天一早,小蔡带着土鸡蛋、酱菜等特产就去了市里。小蔡把想法给姑父诉说后,姑父声音不高地说了一句话,回去吧,等我电话。小蔡怔了一下,就起身离开了,心里嘀咕,大领导就是大领导,言语真金贵。

这天是周六,小蔡没有像往常一样一大早就到湖边公园跑步锻炼。他觉得浑身乏力、慵懒。打开电视不停地换频道,他感到没有一个节目能看的,就无奈地关了电视。刚关了电视,手机响了,小蔡没有接手机。手机一直响。妻就侧身拿起手机,一看来电,坐了起来,是咱姑父的电话。小蔡听闻,如被雷击,夺下手机就接通了电话,就听姑父声音不高地说,中午到市里锦江酒店。

小蔡像注射了兴奋剂,十点就赶到了酒店。姑父快十二点才到酒店门口。小蔡发现,跟在姑父身后的还有几个人。小蔡细瞅,还有经常在电视上讲话的马书记。姑父他们有说有笑地进入了大厅。

…………

小蔡酒气熏天地回到家,妻急切地问,咋样?小蔡摆摆手,抚摸着胃直苦笑,姑父他们一句也没有提我的事,一直就是喝酒啊,说着倒头歪在床上,还嘟哝,我看没戏,我看没戏……嘟哝着不觉就睡去了。妻看小蔡喝成这狼狈样,很心疼,叹一声,倒了杯水放在了床边。

时间不长,也就半年左右吧,虚职的小蔡变成了实职副局长。这一虚一实,大有讲究。虚职,可以不分工,不分工就没有具体事做;实职嘛,首先是班子成员,有明确的分工,还为下步晋升扶正打下了良好的基础。

小蔡如梦方醒,回想起那天姑父和马书记他们大碗喝酒的场景,不禁摇头慨叹,这酒啊,就是厉害。

小蔡心想事成,工作起来就又有了使不完的劲了。

没几天,小蔡单位出事了。

小蔡单位的吕科长请客吃饭，一个参加饭局的朋友酒后心脏病突发，死了。说是八个人喝了十斤白酒，说那死者睡后再没醒来，说死者家属哭闹着要抬尸体到吕科长家，说后来参与酒席的每人要赔几万块。吕科长是酒席召集人，赔的更多，有说十几万的，也有说几十万的。

这一周，小蔡没见吕科长上班。这等事也不便探望，只佯装不知。其实这也不算啥事，死者是有心脏病史的。关门夹手——巧了，活该吕科长倒霉罢了。

不几天，纪委的张主任来单位了。小蔡跟张主任熟，一问是来调查吕科长的。小蔡一惊，这吕科长平时很好，也没啥异样啊。张主任说，有人给领导发信息，说吕科长咋弄那么多钱，又吃又喝，还包养小三，等等。小蔡很激动，说，吕科长一向人好，能力强，这哪儿是哪儿啊，风马牛不相及！张主任笑笑，没再多说，向前走几步，忽然转身说，还没给蔡局祝贺呢。小蔡忙笑说，张主任大忙人，改日我请吧。

纪委的调查还没出结果，吕科长却跳楼自杀了。

小蔡很快就看到了政府的公告。那公告说，吕星同志长期患有抑郁症，于昨日中午十一点二十九分跳楼自杀，经抢救无效身亡。

小蔡泪眼模糊，心窝酸痛，大脑一片空白……

事后，不少人骂吕科长浑蛋，不像个男人，咋能随便轻生呢，死了就真的结束了吗？

后来，坊间传说，是有人想吕科长的位子了，就借题发挥，四处给各级领导发匿名信息。

小蔡听后，脊背发凉，脑袋发蒙，不禁仰天顿足，这酒啊，本无事的……

人
物

一次文学讲座上，有位专家说，作家是自私的。当时我很困惑，不敢苟同。

后来，我琢磨专家讲得不无道理。譬如，在前不久我的习作《酒事》中，为更好地表达文章的主题，我竟自私地让吕星科长以自杀的方式了结了美好的人生。

冷静地想想，心里怪不是滋味的。好好的一个人，怎能随便"毙之"呢。活着是最重要的。

现在，吕科长不但活着，而且活得有滋有味。其实，吕科长的"喝酒事件"（一次聚会酒后死了个心脏病人，后有人借题发挥）是真的，想自杀也是真的。只不过吕科长又"凤凰涅槃"了一次，跨过了这个坎。

这得感谢小蔡。吕科长感谢，我们也感谢。救人一命胜造七级浮屠。

那天，小蔡见过纪委的张主任后，就悄无声息地离开了单位。纪委来调查，这不是小事。现在大都认为，组织部门是送花的，纪检部门是栽刺的。与纪委打交道，无论你有没有违纪问题，影响肯定是深远的。

小蔡想，人是要脸面的。脸面这

层皮很难剥去。谁要真的剥去脸皮来生存,那真不是一般的人物了。

小蔡想,吕科长这人好,能力强,不能眼看着他栽在这"喝酒事件"上。喝酒事小,有人借题发挥就事大了。

小蔡就欲急着面见吕科长。一是开导他。这算啥球事啊,死者是有心脏病史的,纯属巧合,又不是你亲手杀的,在一块喝酒吃饭的能是外人吗? 谁能使奸心呢? 再说即便包赔几个钱,也是人道主义,钱是人挣的,只要有人就有钱,就有一切。毛主席不是说过人定胜天嘛! 不能自己和自己过不去。二是告诉他纪委介入了,让吕科长心里有个准备。要辨证地看待此事,社会浮躁,物欲横流,人心叵测,千人千面,谁能准确地知道河里的水有多深多浑? 有人给领导发你的举报信息,说明你还有价值。你要是乞丐,绝对没有人发你的信息。真金不怕火炼,你吕科长是堂堂正正的,身正不怕影子斜。工作中,难免得罪人,说十句话,哪能句句顺耳呢?

小蔡火急火燎地边赶路边掏出手机。手机里传来吕科长的哭腔,泣不成声。

小蔡更急了,恨不能一下子飞到吕科长身边。

小蔡没想到,一周没见吕科长,吕科长憔悴了,面如土色,眼窝深陷。

小蔡牵着吕科长的手,把刚才路上想的,一口气都说了出来。

吕科长停止了哭泣,揉了下脸,一双肿眼怔怔地望着小蔡,久久才吭哧出一句话,没脸活了,咋见人呢? 说着掏出了一张皱巴巴的稿纸。

小蔡一看,是吕科长写的遗书。

小蔡气不打一处来,把稿纸唰唰撕了个粉碎。吼道,吕星同志,我告诉你一句话,你觉得你很了不起是吧,你觉得你是个人物啊,一个小科长,在市里认识你的有几个人?

气喘吁吁的小蔡指着吕科长的鼻子说,我看你人好,像个朋友,没想到你为了这点儿事去死,真不是爷们! 我告诉你,你死了正中小人的计! 再见吧!

说罢,小蔡愤然离开了。

小蔡用的是激将法。其实,小蔡并没有离开,转了一圈,又回到了吕科长旁边,在离吕科长几十米处潜伏了下来。吕科长揪着小蔡的心呢。

或许是夜深了,或许是醒悟了,吕科长呆站了一会儿又呆坐了一会儿,终于自言自语着往家的方向迈去。他直嘟哝,我不是人物,我不是人物……

小蔡尾随着他,目送他回到家。

临离开时,小蔡又编了条信息发去。信息说,只有有一定影响力或建树的人,才配称为人物;自己抬高自己,自己在意自己,那不叫人物!

纪委的调查像一阵风似的很快过去了,风止树静。

吕科长出了一口气。他没有落泪,男儿有泪不轻弹。

小蔡出了一口气。这次,小蔡落泪了。

后来,吕科长真成了人物。

一天,他散步到一家彩票站,用两元零钱买了一注彩票,仅一注,结果中了头彩。

中了头彩不能叫人物,他人物的是,用奖金为母校建了一栋教学楼,为老家乡里建了一座敬老院……

当然,吕科长最不能忘的是小蔡。

他精心为蔡局长选购了一辆山地车。送山地车给小蔡时,吕科长动情地说,身体比啥都重要!

失眠

他失眠了。失眠真不是个滋味，耳鸣头嗡，眼涩口苦，浑身乏力，全因了昨晚饭局上听到的一句话。其实，也是很普通的一句话，因为大道理满天都是。可他却在意了，烙心里了，所以，他失眠了，辗转难眠的眠。说这句话的人当时已喝醉了，随口说的，而且话也残缺不全，可他却听得清清楚楚。那个人嘟哝着说，有个字呀，最易写，一撇一捺，可最……最……就这句话，让他失眠了。

一早，他两眼酸涩地在跑步机上奋力跑了半个小时，边跑边想，把复杂的简单化，把简单的弄复杂，乃两种境界呀。世上最离奇的怪物，应是两条腿的人了。想至此，他摇摇头，擦着额头上的细汗笑了。

照例要上班，可到了大门口，他发现司机小刘没照例准时等候他。小刘正谈女朋友，没准又熬夜了，如今的年轻人，疯狂得很呢。他失眠就很不是滋味，那熬夜就应更不是滋味了，所以他没有埋怨小刘，竟迈开了腿，朝单位步行走去。他在网上看到，走路是最好的锻炼，还能提高性能力呢，何乐而不为？

走着走着，他突然发现迎面走来

的这个人很面熟。待走近了,才发现竟是小刁,单位办公室为他加班熬夜写报告的科员小刁。他的讲话之所以引得掌声雷动,小刁的文笔功不可没。

可他的脸色不由严肃起来,步子不觉也放缓了,款步而行,目不斜视。领导就得有领导的范儿嘛。

小刁靠近了。小刁与他擦肩了。小刁贼一样闪了过去。

小刁竟闷鳖一样一言不发!小刁好像还使劲朝路边吐了口唾沫。

他很诧异。小刁昨天没有加班任务啊,难道失眠了?可他突然发现,这个人不是小刁。小刁一头乌发,这个人却脸长在头上,大秃顶一个!如果真是小刁,咋会不理睬领导呢?平时想汇报工作还没机会呢。走几步,他突然又后怕地想,如果是小刁,万一不理自己,那领导的威风不扫地了吗?唉,那次提拔干部,应该考虑小刁的,可小刁太死板,内秀而孤傲,还是太年轻呀……

不觉走到了湖边,他深吸了一口新鲜的空气。湖水清澈,高楼倒影绰绰。

这时,从拱桥那边出现一个人。这不是副局长刘光吗?此人最会溜须拍马,站个高岗,只会"仰视",不会"鸟瞰"。他曾暗自断言,此人不可深交。那次重用他,是迫不得已。此时,他倒要看看刘光遇见自己之后的表现。

刘光果然笑着说话了。就听刘光拉着腔调说,啊呀,我的大局长,不!我的大哥哥,您咋恁悠闲自在呢,莫不是胡吃狗游呀?

胡吃狗游?这是啥话!他蒙了,气得心叶子直打战。

言毕,这小子不等他张嘴说话便扭身跑了,像躲避瘟神似的。奶奶的,昨夜失眠了吧,说话没大没小!

他呆愣在了桥上。他猛然意识到,这个人不是刘光。刘光人精瘦,眼向上,可刚才那家伙算什么,身材臃肿,走路像只哈巴狗。刘光是断然说不出这样伤人的话的。那次调整干部虽有一些杂音,毕竟在关键时刻自己还是起用了他呀。

他下意识地用脚跺跺拱桥,过河拆桥的人能有几个呢?

这样一想,他就释然了,就继续前行。走着走着,他在眼酸的同时,又感到了一阵腿酸,这就想起了司机小刘。谈情说爱就能把工作忘了吗,真该挨批了!他就从公文包里掏手机。

这时,一辆大奔猛地刹在了他的跟前。

他一趔趄。

车窗玻璃徐徐落下,里面探出一个大脑袋。他从脑细胞中努力搜索出此人乃开发商大鹏也。人是黑头虫,唯有脸面可以区分,且如树叶一样,没有一个重样的。难怪人最要脸面了。

他刚欲喊出大鹏的名字,车窗玻璃却又徐徐升起了。玻璃上清晰地映出他一脸的僵笑和失眠的困倦。他还没回过味儿来,大奔就昂然离开了。

奸商!他诅咒道。他真后悔给大鹏安排那些项目。你赚得盆满钵满,还嫌钱少吗?老子花你几个钱,不就是送台跑步机吗?

心里正骂着,他又看到,前面的车从车窗里抛出一个东西。他赶过去发现是一包香烟,气急败坏地一脚踩去,原来是个空烟盒。狼心狗肺的东西!他一脚把那踩瘪了的烟盒踢飞了。

摇晃一下嗡嗡响的脑袋,突然,他断定那不醒事的家伙不是大鹏。大鹏守规矩明事理,每次见了自己都是唯唯诺诺的。这浑小子肯定是认错人了,所以才没吭声,一恼火就丢了个烟盒泄气。呵呵,真可笑!没准,这浑小子也失眠了!

不知何时,他来到了单位。

他下意识地走到大办公室,发现一头乌发的小刁正埋头写材料。

路过会议室,他听到副局长刘光正认真地传达他在班子会上的重要讲话精神。

司机小刘正在他办公室给一盆绿萝浇水。就听小刘甜甜地汇报,下午车就保养好了。

这时,他的手机响了,屏幕上显示的是"大鹏"。

他挂了手机,仰靠在老板椅上,拍拍如注射了吗啡一般的脑袋,揉揉像灌了醋精一样的双眼,思忖道,失眠能恁厉害吗?

拐杖

单位推荐的副科名单一出炉,面对公示栏,大家一个个静默了,没再多言语。其实,大家心知肚明,这次副科虽有七八个人参与竞争,但大家一致认为,胜者应在张帆和刘学敏之间产生。二人就像两个乒乓球运动员,水平旗鼓相当,难分伯仲。结果,刘学敏胜出,张帆惜败,仅是两票之差。

刘学敏笑着说,谢谢大家支持关照。

有人忙说,祝贺啊,刘股长,不!应叫刘局。

刘学敏有些不好意思,忙摆手,不敢,不敢。

大家知道不能顾此失彼,忙安慰张帆,机会多多,下次努力。

张帆也笑着说,无所谓的,谁都一样。

大家很纳闷,一向好占小便宜的张帆,怎么这么乐观大度了呢?两票之差,他那关键的一票,难道没有投给自己?张帆可是个聪明人呀,莫非真应验了那句"聪明一世糊涂一时"?看来,小聪明是不能耍的,耍就要吃亏啊。

刘学敏官升一级,光荣体面,自然高兴,趁周末赴泰山旅游去了。

有人说还有张帆相伴。

大家愣了,这不是二球嘛!张帆心胸再宽,还真能跑舟?大家不无讥笑道。

有人说,这并不奇怪,他那小便宜占的,别人请吃个饭,他总要先到前台拿包烟;几个人闲玩,谁见过他主动埋过单,总往WC(洗手间)跑;斗个地主吧,他总捏人家黑子,差人家一把。

众人一阵蔑笑。却有人说,或许帆哥真是先人后己呢。

不可能。有人摇头笑着说。

周一上班,迟迟不见张帆股长的影子,就有人向刘学敏打探,怎么,一块旅游,把帆哥丢泰山了?还是泰山景好,他乐不思蜀,流连忘返呀?

刘学敏摇摇头,叹一声,说,嘿,别提了,说来可笑,这帆哥呀!

众人发现,刘学敏的语气像个领导了,居高临下的味道颇浓。

刘学敏说,在泰山下山时,他在台阶旁捡了个拐杖。我劝他别捡那东西,不吉利的。金子银子可捡,哪有捡"拐"的?我又给他举了个例子,说一个人捡了顶皮帽子,毫不客气地戴在了头上,结果,染上了皮癣。

众人一边笑,一边盯着刘学敏。

刘学敏继续说,在服务区,下车时,他"扑通"一声歪在了车门旁,原来他崴了脚!

众人"哦"一声,说,这回拐杖有用了。

日子久了,刘学敏与张帆的两票之差终得"解密"。原来,在推荐副科前,刘学敏请张帆小酌,私下商定,互相投票,不准自投,谁竞争上副科,就请泰山旅游一次。

闻悉后,众人感叹,刘学敏真高,把张帆看透了,编个圈就套

57

住了他。

张帆脚伤痊愈后,即到单位上班。大家思忖,见了他说啥好呢,毕竟是羞于启齿之事呀。

孰料,张帆望着众人,若无其事,大大咧咧地说,不好意思,自己崴了脚,托大家的福,康复了。说着抬了抬腿,又用脚画了个圆。

这是自圆其说。大家笑了,心里说,台阶还得自己铺呀。

接着,张帆一脸正经地说,各位同人,这段时间你们辛苦了,今晚我请客答谢,贵宾楼666房间,不见不散!

众人面面相觑,太阳从西边出来了?!

最后,张帆把目光扫向刘学敏,笑着轻声说,刘局呀,别忘赏光哈。

刘学敏感到,经这一劫,张帆不是原来的张帆了。他刚欲转身,突然发现张帆的办公桌旁半人高的铁皮柜上,横放着根拐杖。他不禁一愣,顿感心里不是个滋味。

后来,刘学敏观察到,丢下拐杖的张帆走路更稳健了。

官料

伴着村子上空轰隆隆的雷声,高增产一头扎进了支书马文泰家。

马文泰说:"增产,上边来通知了,村里要换届,年底结束。"望着院子里雨点砸起的水泡泡,马文泰又说:"村主任这个位子,我不想让他人夺去。"

高增产忙点点被雨水淋湿的头。

马文泰空洞地望着雨线斜织的院子,接着说:"这并不难,你只要摆脱了学臣的竞争。"

高增产双眼饥渴地盯着支书马文泰一翕一动的紫黑嘴唇。

马文泰说:"学臣从部队回来,一直埋头不语,攒着劲,单等这一天的。"

其实,高增产明白,马文泰一千个一万个不想让高学臣当村主任。那年,高学臣因计划生育曾与支书马文泰当面争吵,很让他下不来台。

马文泰:"学臣不可怕,可怕的是他哥。"

马文泰说的是学臣一娘同胞的哥,学臣他哥在市里工作,大小是个领导。村里的水泥路和田里的那几座桥就是他安排修的。

马文泰望着高增产,说:"增产,要动脑筋呀。念在我跟你爹打小就是兄弟的分儿上,我想拉你一把。"

高增产目不转睛地点点头。

马文泰又说："打蛇打七寸，擒贼先擒王。"

夏日仓皇的雨声里，高增产拨通了在市里上班的堂弟的手机。高增产说："兄弟，方便吗？你知道你哥我一直想为咱家光宗耀祖，这次村里换届，老主任要退下来，你可要帮我呀。咋帮？很简单，学臣是绊脚石，学臣不可怕，好整，可他哥这个后台，你得帮我拆掉啊。咋拆？唉，你咋比你哥还笨哩，一个人，整理整理材料，就是英雄；搜集搜集材料，就是罪犯。这你不懂吗？这些年的墨水你不能白喝了啊。"

马文泰听高增产打完电话，猛吸了一口湿润的空气。

不几天，堂弟打回来了电话。

电话让高增产很不满意。高增产对着手机直喊："我就不信他没有污点！再找，譬如，女人这方面的，我就不信他不吃荤！"

与此同时，哥哥接到了弟弟学臣的电话。哥哥说："我说你多少次了，不要参与村里的事，都是一窝一块的，劳神伤心，有意思吗？瞅瞅你那些战友，大老板的大老板，总经理的总经理，眼光放远点儿。我看你就不是个当官的料，别再胡想了，好好干些别的。"

学臣挂了哥的电话，叹一声，想想哥哥说得在理，就下意识地摇晃了一下头，心里说，给增产这小子留个机会吧。随后，便查出战友的电话拨了过去。这个战友是个大建筑商，多次邀请学臣去跑业务。

村里一个喜宴上，高增产斜眼望着邻桌上的高学臣，端着酒杯佯装劝酒，细听学臣说话，看这小子葫芦里卖的什么药。听了半天也没有听出个所以然，就吐口唾沫，点上根烟，大摇大摆喝起酒来。

中秋的月饼还没吃完,高增产就再也没见过学臣的影子。原来学臣外出打工了。

顿时,高增产的心比中秋的月饼还圆还甜,浑身少有的通泰。他掏出手机,拨通了堂弟的电话,说:"兄弟,学臣那小子跑了。呵呵,我早看出来了,他根本不是我的对手。哈哈,哈哈哈哈!"高增产又说:"你说啥?也打探不来啥东西,在城里恁些年,他哥能恁干净?"说着"啪"地挂了手机,双手插进裤兜里,迈着八字步,哼唱着"今天是个好日子……"不觉就来到了马文泰家。

"文泰叔,是我,增产呀。"高增产把门拍得山响。

文泰媳妇探出头来,不耐烦地说:"咋呼啥! 又没聋。你叔去镇里开会去了。"

"开会去了? 那肯定有新消息,我等着。"高增产笑着走进了院子。

天快擦黑时,空中飘起了雪花。马文泰跑进屋门,跺跺脚上的残雪,又打打身上的雪片子,猛然看到沙发旁的贡酒、王老吉、露露,还有香喷喷的烧鸡和沙发上坐着看电视的高增产。

马文泰忙说:"赶紧弄几个菜,俺爷俩喝几盅。明天就选了,就看你的造化了。"

高增产忙擦桌端菜,说:"有我叔在,我怕啥。再说,学臣那小子也吓跑了。"

"来,天冷,喝酒。"

翌日,选举结果一出来,高增产脸上没了血色。他问马文泰:"叔,咋会是这个结果?"

"问问你自己!"

"叔……"

"票没过半,你咋搞的? 你呀,只顾跟学臣斗了,咋忘了一千多号群众这个大头了啊！目光短浅！"

"…………"

"看来,你不是个官料啊。"

马文泰望着纷纷扬扬的雪花。

高增产望着纷纷扬扬的雪花。

村庄在大雪中一片静寂。

这天,高增产懒卧在床上,突然堂弟打来了电话。手机挂断后,他似才迷糊过来。堂弟好像说,学臣他哥又官升了一级。堂弟好像还说,做官要先做人。

啥意思？高增产瞪着眼睛,痴痴地望着房顶,再没言语。

腊八这天一早,一辆黑色轿车停在了白雪皑皑的村头,从车上缓缓下来一个人,穿着藏蓝色风衣。仔细瞧看竟是学臣他哥,下车的还有一个女人,那女人手里拎着一盒花花绿绿的大蛋糕。原来,腊八这天是学臣娘的生日。

远远站在路边的高增产,猛地打了个喷嚏,捂着嘴扭身朝家的方向躲去。那一刻,他感到,自己真像一只夹尾的土狗。

愈来愈小的火气

偌大个办公大楼,如无人一般,"嘭"一声炸响,接着是"咚咚"的连续踹门声。正是办公时间,众人夺门而出,朝楼上仰望。

是范股长在大发脾气。

原来,去茶房提开水的范股长,钥匙锁办公室里了。他又急又气,就拿水瓶出气,愤然摔之。不解气,又用脚奋力踹门。

几个同事边劝他,边拨打开锁公司的电话。那阵势,如打 120 抢救危急病人一般。

这就是范二炮。

他脸阔耳厚,眉浓鼻高,是福相之人。一米八的大个子,走路如风,说话绷脆,性急堪比《三国演义》中的猛张飞,他那腆起的篮球般的肚子里面,好像装的全是刺鼻的天然气。

背后叫他范股长的几乎没有,大家都喊他范二炮,或直呼二炮。

这范二炮,军人出身,高中肄业。在他念高二上学期时,他老爷子范县长让他读了军营大学。部队转业后,他进了机关。

据悉,范二炮为人耿直,有军人风范,又粗中有细。单位同事有个红白喜事,他总是第一时间参与。一次,单位同事的家属出了车祸,伤了脑袋,情况危急,他押上款,又找战友亲自动手术。他的一个战友是有名气的军医,跟他一块转业回了地方。

一次下乡调研,遇到一位残疾军人,从朝鲜战场回来的,无儿无女,生活困难。他当场掏出几百块钱,塞给了那军人。那军人感激地落了泪。

范二炮特能唱歌,能把张学友的歌一口气唱十多首。尤其是那首《你好毒》——"我左右摇摆差点就倒头栽,幸好我仍然有一点功力在……你好毒,你好毒……"边唱边舞,摇曳多姿,虎虎生风,博得一片喝彩。

不久,范二炮又做出了性急的事。他摔了一只茶杯,是在顶头上司的办公室摔的,因为有几张发票要报销,一时说不清事由,又确是公事。他一急,就愤然摔了手中的茶杯。他用这种极端的方式,证明自己是清白的。

大家都说,要不是他老子范县长在后面,二炮非把自己摔回家不可。

后来,范二炮晋升为副局长,分管起财务来。副职分管财务,那纯粹是形式。历来财务都是一支笔,都是一把手说了算的。

范二炮就逼老爷子。这一逼,还真把自己逼成了单位的一把手。

范县长深知儿子肚里有多少墨水,就再三教诲儿子做人做官的学问和艺术。

范二炮不辱使命,工作雷厉风行,有声有色,颇有口碑。老子英雄儿好汉嘛。

干部职工大会上,范二炮正在做报告,一二三,ABC。这时,一位干部的手机响了。彩铃很悦耳,却不识时务,与会场的气氛极不协调。"啪"一声脆响,手机哑了。

范局长亲手夺下摔的,以正视听,以儆效尤。摔后,他气得脸发白,手哆嗦。后来又私下里安排财务,给那干部买了部手机。

范县长退后,范二炮很自警、自省、自励,有他请书法家写的条幅为佐证。他的办公室左手边为"事缓则圆",右手边为"吾日三省吾身"。

他闲暇时也钻研官场学问,案头就放着本《厚黑学》。他自觉加强了与领导的协调与沟通。领导呀,就是航标灯,能指明方向呢。

咋沟通呢?他抽时间与领导打起了麻将。这确能增进感情。国内不会打麻将的又有几个?八小时以外的东西,有时比八小时以内更重要呀。

这天,范二炮熬夜陪领导打麻将,因一张牌与领导红了脸,出了汗。他竟将那张牌,奋力地摔在了地板上。当!当!当!麻将牌一蹦一跳,像只顽皮的小老鼠,不见了踪迹。

领导难堪,他也后悔。后来,又专门给那位领导设了个饭局。疙瘩易结不易解。那位领导很大度,笑着说,都是弟兄,玩嘛,哪能恁认真呢。他却自责道,我这是咋的了呀!恁浑头呢?领导笑笑,拍了拍他厚实的肩。

一个周日,网上的一个帖子,让一米八高的大个子范二炮摸不着头脑,傻了眼。

网上贴出了一张范局长就餐的照片,烟雾缭绕,杯盘狼藉。领导干部大吃大喝,是违纪的呀!

范局长瞪眼无语。他隐隐感到胸口一阵阵疼痛,如乱箭穿心。

突然,他拿着手机的右手,猛地举了起来,举轻若重,似很吃力。

身边的同事吓得一趔趄。

孰料,他缓缓地放下了捏着手机的右手,俨然电影里的慢镜头。

再看范局长,已是脸色铁青,浑身战栗。

同事们吁了一口气,张大的嘴巴空洞地发出了无力的叹息。

不大一会儿,范局长脸色复归平静,竟摇晃着头,嘿嘿笑了起来。

就有人喟叹道,看来,我们二炮火气愈来愈小了呀!

空调的风

随着夏季的到来,他的心情更糟了。

这个夏季,热得出奇。他媳妇讨厌干冷的冬天,喜欢过夏天;他却讨厌燠热的夏季,喜欢雪花飘飘的冬季。他曾感叹过,这"矛盾"的俩人咋生活在了一起?说归说,生活就是生活,不是搞笑的电视剧。

他的情绪也如这夏天一般躁动不安。一段时间以来,他不愿想机关里的那些琐事。可他越不愿想,那烦心的事越缠绕他,如赶不走的苍蝇,快要令人窒息了。他判断,他可能患上了抑郁症。

尤其是办公室空调吹出的风,令他感到更加燥热和胸闷,总感觉有一股怪味。

他下意识地走出单位,来到另一个单位。他想换换空气。

他来到了单局长的单位。他推开单局长办公室的门,一股飕飕的凉气扑面而来。一杯茶一张报一支烟,单局长正惬意地待在寒冬一样的空气里。

坐,坐,正想找人喷喷呢。单局长在烟雾中说。

他和单局长的关系不言而喻了。

67

他说,这也太冷了吧。

办公室里冷些好,单局长笑着说,有个词不是说"冷静"嘛。

空调的风把单局长吹得很冷静。他调侃道,单局运筹帷幄呢。

中东局势,钓鱼岛事件,奥巴马夫人访华,辽宁号航母,等等,单局长打开了话匣子。

这时,门开了,是个穿一步红裙的"公主"。

单局长一愣。

哟,太冷了吧。她不禁尖叫道。

坐,坐,正想找人喷喷呢。单局长在烟雾中笑了。这回,单局长起身离开了座椅。

他看看一步红裙,又望望单局长,说,太冷了,受不了了,我还有点儿事,先走了。

中午一块陪美女吃饭。单局长望着一步红裙笑说。

离开单局长的办公室,他感到心里别有一番滋味。

下班后,他赶到了单局长指定的餐馆。菜很丰盛。面对一步红裙,单局长激情四射,彩话连篇,眉飞色舞。一步红裙边吃边笑。

开着空调,他仍是大汗小汗的。他走到空调机前,惊讶地说,哟,你看这空调风叶,上的上,下的下,就差滑落了,老掉牙了,咋会制冷呢。

单局长笑说,该热就热吧,有美女陪着,不热乎能行吗?

此时,一步红裙千娇百媚地柔声道,哥,你真会扇风。

草草吃了饭,他仓促回到家。儿子屋里的空调还没安装上呢。媳妇很不愿儿子与他们同房住,儿子上初中了,不方便了。媳妇不满地说,我们总不能光"一夜无话"吧。他猛地想起媳妇才是如虎的年纪啊。

安装空调的是一对小夫妻。两个人都带有浓浓的汗臭味。也难怪,天热,又是苦力活。这对小夫妻干活挺麻利,配合挺默契。

他看着他们熟练地组装配件,忽然就有了想说话的兴奋劲儿。他随口问,一天能安装几台啊?

六七台吧,天太热,也乏累。一脸汗水的小伙子答道。

空调寿命一般多长呢?他边问边说,中午,我在一家饭店吃饭,那空调除了吹风,一点儿都不制冷。

十四五年吧。小伙子抹把汗,笑说,要是爱惜了,会更长些。

他听得很专注。

也许是小伙子看他诚恳,没有其他主人瞧不起人的那种眼神,小伙子就又说,使用空调有学问,制冷要先开最低温度,等温度下来后,调到 26 摄氏度,省电,还能延长寿命。

很快,新空调安装好了。小伙子拿着遥控器调试,空调就开始了工作,顿时,室内凉爽起来。

小伙子点好钱,收好工具,像完成了作业的学生,一脸满足。仰头喝了一气矿泉水,小伙子说,空调最怕一会儿开,一会儿关,损坏机器呢。说着掏出一张名片,有事联系俺,呵呵,差点忘了告诉您,人最怕空调的风直吹。

他目送一身汗水的小夫妻融入街上的人流中。他忽然觉得,他的心情好多了。这对小夫妻多幸福啊,多充实啊,轻松挣钱,无忧无虑……

这晚,儿子单独住在了另一个房间,他俩又回到了二人世界。媳妇刚欲拥抱他,他忽然瞅着空调说,我调一下,空调的风是不能对着身体直吹的。

一天,他又来到单局长的办公室。

单局长正一头汗水地站在空调机前,对着出风口直吹。他很吃惊,忙劝阻说,哥,这样要吹毁人的!

单局长没作声,一动不动。

他突然发现办公桌上的稿纸上写着四个草字,字上还画了好些圈。这四个字是:结婚,离婚。

空调的风吹得那页稿纸一动一飘的,不时发出响声。

他的耳畔回响起单局长的声音——坐,坐,正想找人喷喷呢……

这时,透过空调的凉风,单局长说,你忙吧,我一个人静静。

一不小心

那年春天,我被调到一个窗口单位工作。原以为窗口单位清闲,业余时间能读读书,捕捉点儿灵感,写点儿东西聊以自慰。谁知单位是政府窗口,要发挥窗口的示范作用,工作起来可忙了。内部管理靠制度,倒不忙,忙就忙在迎接各级领导参观学习、视察调研上了。有时一周三四次,多的一天就有两三次。好在聘有讲解员,还有班子成员、办公室主任等照应忙乎,我只需出面陪着,现场补充说明一下。说白了就是陪着领导走走看看,留个影合个照。谁叫我是单位的一把手呢。

这天中午快十一点时,办公室主任匆匆忙忙来到我办公室,急慌得连门也没敲。他喘着气说,一会儿有领导来。我问,哪个领导?他答,有个人在门口,亲自来通知的,说是宣传部长。我不禁有些纳闷,嘀咕道,我们迎接这么多领导,都是相关部门提前电话通知,还没有亲自来人登门通知的啊。办公室主任挠着头,说,是啊,我也觉得有些蹊跷。我忙安排他,去吧,抓紧按常规做好准备。办公室主任转身去了。

我想问个清楚,宣传部长来视察

的用意何在,就拨通了宣传部办公室主任的手机。他很意外,说部长去市里开座谈会了,没有安排去你那儿视察呀。我说是有人亲自来通知的,现在这个人还在我们单位呢。他略一犹豫,说,我再问问。很快,他回过来了电话,说,部长的司机说部长还没散会呢。那……这是咋回事啊?我一时蒙了。他又忙说,你先稳住那个人,问一下来由,我一会儿赶到。

我忙走出办公室,来到院里。办公室主任正在跟一个人拉呱。他指给我说,这就是那个通知领导要来视察的人。

眼前的这个小青年,头发有点儿乱,一边倒,眼睛细长,清澈单纯,上身穿着一件花毛衣,下身穿着一件发白的牛仔裤,脚蹬一双运动鞋,双腿不停地抖动。从喇叭状的站相上看,是个很随便的主儿。我问他,你哪个单位的,谁叫你来的。他嘟哝道,宣传部长一会儿要来。我心里已经有了谱,就耐心地问,哪个宣传部长要来,为啥没有提前通知我们?他支支吾吾答不出个所以然。我疑虑重重,问,你到底是干啥的,哪个单位的?他搓着手,许久才说,我正实习。

这时,宣传部的办公室主任到了。对于这种弄虚作假的现象,宣传部门最恼火了,前不久几个假记者到处招摇骗钱被绳之以法。可这个人来我们这儿,明显不是骗钱的。那是为了啥?

宣传部办公室主任附在我耳旁,小声说,我请示部长了,部长安排弄清身份,若是打着领导的旗号招摇过市,就立刻报警抓起来。

我说,是个大学刚毕业的实习生,弄清再说吧。

我接着问他,你在哪个单位实习啊?他东瞅瞅西望望,不大情愿地说,我姑父说去宣传部实习……还没去呢,现在在家实习。

在家也叫实习?我差一点儿笑出声来。

宣传部办公室主任问,你姑父是谁?

他心不在焉地说了一个人名。

孰料宣传部办公室主任不愿意了,大声斥责,你这不是神经蛋吗?这个人去年就因病去世了。

这时,我似乎有点儿明白了,眼前这个小青年是个头脑已进水的人。我问他,你为啥说宣传部长要来视察?

他晃动着双腿,眼神朝天空散去,一副爱理不理的懒散样子。

宣传部办公室主任问,你和谁熟悉,能证明你的身份?

他说,熟悉的人多了,牛火烧,你们认识不?

哪个单位的?

牛火烧可有名气了,他是我高中同学。我天天吃他的火烧。这时他紧张的脸上流露出了一丝轻松和自豪。

原来是个做生意的。我问你机关单位里,你和谁熟悉!宣传部办公室主任有点儿气愤地强调说。

他右脚不停地磨蹭来磨蹭去,吭哧半天说,黄卫东。

县委办的?

嗯。他忙答道。

看他那怪异的神情,我心里说,这回总算找到了个熟人。

宣传部办公室主任一边掏出手机,一边问,你咋与黄主任熟悉的?

他漫不经心地回答,他是我妈的小学同学。

我的神!我们真无话可说了。这纯粹是一个神经有问题的人!

宣传部办公室主任拨通了手机,嗯嗯地笑着,嗯嗯地点着头,还说,好好,要不是说到你,非报警抓人不行。挂了机,他附在我耳旁说,黄主任说这孩子受了刺激,精神不正常,他似范进中举,官迷心窍,常给人吹自己是文曲星下凡,呵呵。说着止住了笑,一本正经地对那小青年说,再胡来就叫警察抓你!高高在上的言语中充斥着轻蔑。说罢,他一溜烟地走了。

这青年空洞地望着那团飞尘,或许他感到了与政府官员的距离,从他那难堪无助的怪异表情看,他心里应是悲怆凄凉的。

我突然有些同情并怜悯眼前这个在家实习的大学生了。他应该是就业无着落,多愁善感,自感怀才不遇类型的人。

这时,他自言自语愤愤不平地嘀咕着,我不就是想陪着宣传部长视察视察嘛?他们能视察,我咋不能视察?都是人。说着,用脚猛踢一片树叶,那片树叶扬起又调皮地落下了。

他这一说,我终于弄明白了是咋回事。他虚晃一枪,原来本意在此!小小年纪,虚荣心倒不小。

办公室主任扯了我一下,说,我总觉得这个人眼熟,原来他在我们这地方溜达好几天了,蓄谋已久呢。

办公室主任要轰他走。

我忙抬手制止。政府的为民窗口,应释放亲切和温暖,对眼前这个受伤的小青年,不能再蔑视与冷对。于是,我走上前抚摸着他的瘦肩膀,说:

走,视察去!

他一迟疑,清澈单纯的眼里满是诚惶诚恐,新长出的胡须不禁颤动了一下。

办公室主任惊讶地望着我,仿佛望着外星人。

视察呀,是领导现场指导工作。我边走边说,你想视察是进步的表现,但需要努力呀。

刚走几步,我就感到他的双肩在压抑不住地耸动,鼻子也发出了嚯嚯声。突然,他一扭身,把头扎进了我的怀里。一个孩子嘤嘤的孤寂的啜泣声,顿时从我怀里,像羽翼震颤般低一声高一声发出,泪水如黄河决口般一发不可收……

后来,在一个饭局上,我遇到了黄卫东副主任。黄主任告诉我,那孩子自从那次惹事后,自己就再也没见过他了。

听他妈说,在外混出息了,人模人样呢。黄主任说。

黄主任又感慨道,没料到你一不小心,竟成全了一个人。

我笑笑,说,举手之劳。不过,这孩子委实有点儿另类。

陪
练

从不晨练的贾一新，一连四天早起外出锻炼。

摸着尚有丈夫余温的被褥，她感到很突然。

晨练是好事，可贾一新好睡懒觉。他常说，有钱难买黎明睡。事不过三，看来，贾一新来真的了。

猛地，她有些后怕。丈夫怪异的举动触动了女人敏感的第六根神经。她怕他有外遇。男人一旦有了一定的金钱和地位，女人就会主动围攻上来。有资本的男人就像盛开的花朵，挡不住蝴蝶、蜜蜂的缠绕。现在这样的事已经屡见不鲜了。倒在石榴裙下的官员还少吗？贾一新可是新提拔的。

不能不防，她决定探个究竟，摸个实底。她穿着睡衣悄悄来到了湖边。垂柳依依，鸟语花香，锻炼的人不少，男的女的老的少的，有快走的，有信步的，还有啪啪甩鞭子的。她躲在湖边一条甬道上，寻觅着贾一新的身影。

这时，在远处的林荫道上，她瞄见了贾一新。他的前面还有一个人，那个人腆着大肚子，上半身重下半身轻，走起路来晃晃悠悠的，像疾风中的不倒翁，原来是贾一新经常提到的马书记。贾一新也比先前胖多了，走起路来像哈巴狗一样。她忍俊不禁,捂嘴笑了。

没发现啥异常,她出了口气,心里顿感一股幸福和温馨。多心了,头发长见识短啊,自己的男人自己还能不信任吗?她自感惭愧,回家后动手做早餐,特意给男人煎了两个荷包蛋。

贾一新一头细汗回来了。她忙递去毛巾,笑说,看来是真锻炼啊。

贾一新说,身体是革命的本钱嘛。

晨练的人多吧。她随口问。

连马书记都锻炼了。贾一新边吃荷包蛋边说,可惜呀,我参加这一锻炼队伍已晚点了。这还要感谢通信员小刘,要不是他给我提供信息,我也就错过跟领导接触的机会了。现在,跟领导近距离接触难啊。贾一新感叹说,只有接触多了才能增进感情。听说马书记爱晨练后,陪练的人也一天天多了起来。马书记也很烦恼。这不,他明天要改地点去市郊广场了。

你这不是锻炼,她揶揄说,是陪练吧。

陪练也能锻炼身体嘛。贾一新笑着说。

她忽然张大了嘴巴,说,你用的还是"弃车走路"法啊。

异曲同工吧。贾一新坦白地说,我那时弃车走路,是陪郭书记的。

妻知道,贾一新陪郭书记走了好一段时间,直到他调走。

郭书记常说,走路大有学问,能坚持走路的人务实、低调、接地气。贾一新自言自语地说,天道酬勤,滴水穿石,郭书记不是重用我了吗?

她禁不住笑了,说,这是啥逻辑啊。说归说,她打心眼里却很佩服贾一新灵活的脑瓜。

领导是红花啊,贾一新意味深长地说,红花哪能离开绿叶呢?

一新,你累不累啊。妻笑着埋怨说。

那位子呀,贾一新笑着说,是给有准备的人的。

日子如流水,周而复始。这天,贾一新却没有照例起床,喊他他也不动。

她很蹊跷,问,感冒了吗?没听他吱声,就随口说,不想锻炼就歇息一天吧。

贾一新惺忪着眼睛,无力地说,马书记不锻炼了。

哦,他不练你就不练了呀?太带样了吧!她尖声嗔怪说。

贾一新翻翻身,不耐烦地吼道,马书记调走了!

她愕然,咋恁突然?

唉,贾一新沮丧地说,突然啊,我也说不了。

良久,她轻声说,马书记不练了,这个时候,咱可得坚持啊,要不,别人咋看你?

…………

晨曦中,贾一新肥胖的身影又出现在了湖边广场。远远望去,他独自一人在漫不经心地溜达。

贾局长早——

这时,一个清脆沙甜的声音,突然旋风一样,飘进了贾一新的耳朵。

是小刘呀。贾一新发现是通信员小刘。

我在这湖边都等您好几天了,小刘忙说,谁不想给贾局长当陪练呀?

座谈

新官上任三把火。文联主席张山到任的头两天,在座谈后,当即决定筹划出版一套文丛。其实,这套文丛上任主席就该做的,但因种种原因,搁浅了。意思也很明显,资金无从筹措。老领导船到码头车到站,思想滑坡了,新主席自然有新气象。所以,张山适时抉择,以彰显自己的魄力和魅力。

座谈是逐人进行的。

女干部莫秋听了新主席的表态,激动地说,张主席,出版文丛是大势所趋,您英明决策,我带头支持。我回头就帮您筹措资金。她说着,浅笑了一下。张山望着四十岁年纪的女干部莫秋,有些茫然。她继续说,出版也要不了几个钱,我包了。张山当即笑了,说,这可不是开玩笑的呀。张山不知道,她老头子是大开发商。

男青年小郭听了新主席的表态,激动地说,好!张主席,好!张山一时也没弄明白他叫的是啥好。就听小郭笑眯眯地说,我近几年业余写了一些小小说作品,正想出书呢。张山判断小郭是个工作勤恳、不断进取的角色。

副主席老冯听了新主席的表态,很高兴,又面露难色,坦诚地说,据我所知,莫秋是个很要强的人,这次这么主动,别有啥深层次的东西啊。张山点了根烟,皱了一下眉头。

不久,单位推荐一名后备干部。组织部门要一一座谈。

座谈莫秋时,组织部门是这样记录的:莫秋说,我也四十的人了,没有功劳也有苦劳,最近单位要出版文丛,我准备出资,要不然文丛是很难出版的。

座谈小郭,组织部门的记录如下:小郭说,面对机遇,我也想争取。可僧多粥少,自己还年轻,还得锻炼。单位这次出版文丛,莫秋同志拿了出版费,这很难得。我推荐她。

座谈副主席老冯的记录是:文联是清水衙门,办个事难,张山主席还年轻,需要进步,需要政绩。为了大局,我推荐莫秋同志。

张山在组织部门拟定后备干部的通知上签字:同意莫秋为后备干部。

副主席老冯跟小郭谈心:小郭的小小说写得真好呀,很打动人,照此写下去,定能成大作家。他发现小郭并没有听他谈话,而是抚摸着新文丛,嗅着书香,很享受呢。他心里不禁嘲笑道,书呆子!

主席张山跟莫秋谈心:为了大局,你做出了奉献,得到肯定是应该的。工作中,优秀的同志很多,希望你戒骄戒躁,一往直前。莫秋说,谢谢组织,谢谢张主席!我后备后,老公不再看不起我了,不再和我分居了。她说着,竟嘤嘤地哭了起来。张山对莫秋的出版费,终有了顿悟。人争一口气,树活一张皮。

后来,张山与老冯座谈,说,荣誉面前,其实也不怎简单呀。老冯点点头,说,一个人一个理解法,不一样的。张山说,成人之美,也算送人玫瑰吧。老冯说,是呀,莫秋夫妻恩爱了,小郭心想事成了,岂不是两全其美!张山说,等小郭驻村结束,要重点培养一下。老冯叹口气,说,这孩子太书生气了。张山吸口香烟,说,人是会变化的。

　　老冯离开后,张山望着他的背影,心里说,看来,老冯没有倚老卖老,最起码没发岔音,与自己保持了一致。吐口烟圈,又思忖道,座谈这种形式,还是很有必要的。

天高云淡

一次语文考试中,考场沙沙的书写声,监考老师威严神气,使他萌生了也要当老师的念头。果真,他考取了师范院校,当了一名教师。

后来的一件事,又改变了他的初衷。

一次全体教师会,百十号教师聚齐了,校长却不讲话,不时朝会议室外张望。这时,前呼后拥走来一位领导模样的人。校长忙迎接,直把这位穿深蓝色风衣的胖子接到主席台上。

这位风度翩翩的人是他的一乡之长。

他跳槽的念头从此产生。

一个偶然的机会,他借调到了某局办公室。

一次在饭局上,局办公室主任在介绍了一圈这科长那主任之后,介绍到了他,说,是从学校借调的。

当时,他五味杂陈,一顿丰盛的晚宴吃得味同嚼蜡。

国人最讲究名正言顺。他只好去找局长,求局长抓紧办调入手续。

找局长总不能空手吧,他就倾其所有给局长买了昂贵的礼品。

他没想到去局长家几趟,一次也未能见到局长。局长真忙。

坐在局长家舒适的真皮沙发上,望着局长家宽阔的客厅和高档的装修,他深吸了几口气,茶几上各种时鲜水果煞是诱人。

后来,有好心的同事建议他,到办公室见见吧,但在办公室见可不能买东西啊。

他不太懂,望着同事讨主意。

同事就用大拇指和食指来了个点钞票的动作。

他顿悟。顿悟后心中产生了一丝厌恶,是对局长的厌恶。心里还骂,真腐败!

他只好去朋友处借钱,找了几位朋友才勉强凑够1000元。朋友也都清贫着呢。

一转眼,他借调到局办公室都一年多了。他感到,学校和局里有明显的差异——学校,风清气正;局里,乌烟瘴气。

当然,这些都是他自己瞎想的,也跟他当时灰暗的心情有关。

他揣着装有1000元钱的牛皮纸信封,候在局长办公室门口。办公室里有人说话,他只好在外面等着。等了有半个多小时,局长的门才开。出来的人弯腰笑着离开了局长办公室。

他趁机走了进去。

他先前想好的话一句也没说出来,就丢下牛皮纸信封,做贼似的落荒而逃了。

他是位业余作家,每当苦闷寂寥时就写些文字,也小有成就。但到局里后,他发现局里人都很现实,穿名牌,喝名酒,抽名烟,从没有人谈什么文学。

他自然也没有告诉过别人他写了不少东西,他怕别人耻笑他“小儿科”。

他有时很同情办公室里从卫校分来的一名女孩。她很敬业,准时上下班,跑东跑西,也没见多领什么报酬。他很佩服她的记性,局里每个人的手机号码她都像电脑一样记得一清二楚。有时局长打电话问某个人的号码,她都能随口报出,没一点儿差错。

这天,他在办公室翻阅一些老材料,发现某项工作成绩突出,很有亮点,就随手写了篇新闻稿。

不想,那新闻稿在市日报很快发了。他着实高兴了一回。

高兴的事还在后头。

这天,局长喊他。

局长问:"这篇报道是你写的?"

他局促地点点头。

局长说:"角度很新颖。你还写过啥?"

他忙答:"写过小说、散文。"

局长问:"在哪儿发表的?"

他忙答:"省内外都有。"

局长笑说:"抽空找来,我拜读拜读。"

他忙说:"不敢,不敢,请局长多指教。"

第二天,他把先前发表的东西精心挑选了几篇,放在了局长的办公桌上。

不久,局里开大会。局长说,咱局里还真有人才,险些被埋没了。局长就点了他的名,赞扬了一番。又说,这一年多来,他不讲报酬,默默奉献,经局党委研究,抓紧办调动手续,另发鼓励奖 1000 元。

接着,局长又宣布了局党组关于人事任免的通知,任命电脑一样记电话号码的女孩为办公室副主任。

他很激动。他想那女孩也很激动吧。

回家后,撕下红纸包,露出了一个带有褶皱的牛皮纸信封。他一愣,这不是先前自己送给局长的那信封吗?信封背面还有他的亲笔署名呢。

　　那一刻,他下意识地抬起头,望望天空,发现天很高,云很淡。

　　后来,他也当上了局长,可他最不能忘掉的,是那个发他鼓励奖的老局长。

裤子上的口子

一早上班的路上，徒步的我发现迎面徒步走来的这个人很面熟。步履缓慢稳健像何局长，肩膀右高左低也像何局长，只是这人左腋下少了个沉甸甸的黑色公文包。年龄不饶人，前不久，何局长退居二线了。

我正想着，尊敬的何局长已伸出了手。我忙上前，双手接过局长肥嘟嘟的右手。

弄得我一时不知说啥才好。

蓦地，我侧目发现何局长深蓝色的裤腿上烂了个两厘米的小口子，就松开他的手，指着那道口子，说道："何局长，您的裤腿上有个小口子。"

何局长笑笑，说："这一路上，我这裤子上的小口子，算上你，已有好几个人对我说过了。"

猛然间我想到，我刚到单位报到时，裤子不慎被藤椅上的钉子挂了个口子，办公室不少人都指着那口子笑得直不起腰，羞得我坐也不是站也不是，煞是难堪。

何局长望望前方，仿佛自言自语："圈里圈外，一线之隔，不一样啊。就拿这裤腿上的小口子来说吧，去年我的一条裤子曾挂了个口子，起初没人告诉我。后来，有人给我打电话拐弯抹角地说,你那裤子该换了呀。也有人莫名地给我送裤子。最后,我才弄明白是咋回事。"他重重地叹了一口气:"不就是一个小口子吗?烂就烂了呗,你看叫人累的。"何局长明显有些激动,"我今天穿的,就是那条带口子的旧裤子!"

何局长说完,径直走了。

我转身目送何局长。只见何局长双肩一高一低,双腿忽前忽后,那蓝色的裤腿迎风飘飘。

我突然发现,何局长左腋下没了公文包,走起路来倒轻快多了。

87

胃表

金副局长在机关里是小有名气的。这名气主要来自他独特的论断：我这胃啊，就是一块报时准确的表！

远远地，一个麻包布袋似的人挪了过来，这人八成是金局。走近细瞅，还真是他！"哈哈，你好！"金局伸出了胖嘟嘟极富肉感的手。

金副局长不足一米六的身材，是他短粗的关键。同样的体重，如有一米八的个头，那叫魁梧。金局也不忌讳，反而正色说，要按个头，我咋也提不了副科。金局这一正色，不由你不笑。

金副局长在吃喝上是有一套的，只是与美食家沾不上边。吃，在金局这儿颇有些学问。

早餐，将就一顿。午饭和晚餐，金局就如电视剧里的一号男主角，忙啊！简直是饭局连连，两三场的不断，串场是隔三岔五，想不胖还真不容易，胃肠不有病还真难！

胃肠还真有了毛病，但不是生理上的。最近，金局发现，每到上午十点多一点儿，胃就有了咕咕声；十一点后，咕咕声就勤了，几分钟一次；快下班时，胃就恐慌了，心也发虚，身上还盗汗。时间久了，金局就判断自己的胃多了一项功能，能当闹钟使呢。

金局几次眉飞色舞地试验，众人眼见为实，不由你不信！

于是，有人干脆把金局唤作"胃表"。

"胃表"先前是一名人民教师，转行后，尤其是任副科长后，饭局就多了起来。饭局多，也不是天天有，这就彰显了"胃表"的能耐。"胃表"轻松地说，没饭局，可以找嘛，如在这场饭局上预约下场。真不行，可拓宽视野，走出去，下基层，去时瞌睡，回来喝醉！只要动脑筋，办法总比困难多哦。

有时，金副局长也慨叹，也自愧，这胃咋恁大的瘾呢，喂不饱似的。

实话实说，这么多饭局，金副局长自掏腰包的几乎没有。割别人的肉不疼，心宽自然体胖，金局能不发福吗？

这天一早，金局刚到办公室，就接到一个陌生的电话。金局警醒地接通后，乐了，原来是一同教书的乡中学宋校长。宋校长说，金局长，高升了，把这帮穷兄弟给忘了？金局就说，哪敢，哪敢。宋校长又说，得给你祝贺啊。金局就故作谦逊地说，小小官职，见笑，见笑！宋校长说，混得不错，叫我们眼红呢。宋校长又说，今儿中午坐坐吧，几个弟兄都来了呢，真为你高兴啊！金局爽快地答应说，推掉一切公务和应酬，也要陪宋校长哦，毕竟在同一战壕战斗过嘛。金局心里说，现在学校可是杂面肉包，吃一顿也无所谓，反正是他们跟我联系感情的。

就这样，金局破例在"胃表"报时前，预约了这个饭局。

这个饭局，金局很乐意参加，自己从一名教师混成了个科级干部，在这帮老师面前，多体面哪！起码能坐到鱼头对着的核心位置了。在赴约时，金局特意将手机和小灵通都带上，还装了包"大中华"。

饭局在金局常来的"海底世界"鲜鱼村进行。在宋校长一

89

行面前，金局特别交代服务小姐，服务要好，上菜要快。金局发现，宋校长也发胖了，就打趣道，看，如今教育这片净土，也浑水一盆了，昔日清高、清贫、清瘦的教书先生，时下也不好找了啊。宋校长也不甘示弱，笑道，大家瞧瞧，真正的"腐败肚"在哪儿？众人望着金局孕妇似的大肚子，不由笑了。

正说着，金局听到胃里咕咕连声叫，就望着宋校长问，啥时间了？宋校长忙去看手机。金局摆摆手说，不用看了，我可以准确地报出现在的时间，十一点五十五分。金局没戴表，也没看手机，大家很感蹊跷。金局却乐了，我身上有这功能呢。说着，指了指胃部，报时可准了！大家恍然，不禁赞叹一番。宋校长说，"胃表"，真头一回见识！没料到昔日的金老师如今的金局长修炼到了这个层次，厉害！厉害！

说笑声中，推杯换盏，你来我往，金局很快喝高了。

醉眼蒙眬、晕晕乎乎的金局仍不忘首长似的挥手与宋校长一行道别。这一幕后，金局再没了记忆。

一觉睡到天黑，金局方清醒过来。习惯性地打开手机，他发现有几个未接来电。拨回去后，不料是一个甜甜的小姐的声音，您好，金局长，您中午的饭还没埋单呢。

金局挂了机，没再说话。突然，他感到胃部一阵从未有过的难受，或许是酒烧的。金副局长抚摸下胃部，叹息一声。

美丽的尾巴

丁主任出差从外地回来,捎回来数尾小金鱼。自打与这些可爱的小精灵相识,丁主任的心情一直都是无比畅快愉悦的。归途中,秘书和同事几次恳求照料金鱼,他都一反常态地婉言谢绝了。他心里喃喃道:美的东西是不能让别人亵渎的。一路上,他不知劳累、疲倦,精神亢奋地向同事们炫耀他心爱的宝贝。他喜不自禁地望着精美鱼缸中怡然自乐的小金鱼,口若悬河地讲:"鱼乃美之化身,自古就有不少雅士以养鱼为乐。静闲时观赏一番,于身于心都有裨益。还有人将鱼美化成了人呢……"

大家静静地听着丁主任滔滔不绝的谈论,无不肃然起敬,没料到丁主任业余时还有如此雅兴。丁主任看大家听入了迷,更来劲了。他神采飞扬又极认真地说:"对美的欣赏因人而异,这跟一个人的性格、学识、阅历等有关。譬如拿鱼来讲,有人欣赏鱼敏锐的眼睛,有人赞叹漂亮的鱼鳞……我则只欣赏鱼的尾巴。可以说我观赏鱼即是观赏其尾巴。你看,这鱼的尾巴,呈凹扇形,色彩艳丽和谐,造型别致独特。它左右摇摆,灵活自如,稳稳地掌着舵。你仔细观察,它玲珑剔透,小巧别致,实乃庞大鱼身点睛之笔,神来之物!一只小小鱼尾,就是一件妙不可言的艺术精品啊!赏心悦目,回味无穷……"丁主任在大家的啧啧声中一口气讲完,便得意地大笑起来,从未有过的轻松惬意溢满心田。

人们惊奇地发现,不惑之年的丁主任自得此物后,经常满面春风,精神焕发。

于是,单位里便人人皆知丁主任异常喜爱小金鱼,尤其是那精巧绝伦的尾巴。

于是,人们有事没事到丁主任家做客时,都不忘拎几条精美的小金鱼。丁主任见人们如此雅识,仍一番宏论:"对美的欣赏,因人而异……我单欣赏鱼美不可言的尾巴,它呈凹扇形,色彩……"

一天,有人在街上拦住丁主任,半开玩笑半认真地说:"老丁,你的'尾巴'啥时能送一条?"丁主任并不介意,只笑着说:"给你'尾巴',你也受用不起……"那人也一笑了之。

有次,单位里有婚宴,丁主任被请去当了主角。座中便有人提议罚他喝酒,他自然不服,大家便指着那香喷喷诱人的鱼。丁主任恍然明白了,盯着可爱的"尾巴",主动端起了酒杯,说:"酒我喝,不过我建议,这尾巴可万万不能动啊……"大家便都笑了。

那天,在县委大院召开会议。丁主任照例参加。会毕,正欲离开会场的丁主任忽听到有人喊他,待转回身,发现是县长。他有些惊讶,跟着走到县长办公室。县长示意他坐,还亲自倒了杯水给他。他就有些激动,思忖县长留他的意图。他诚恳地望着县长。县长缓缓地说:"老丁,听说你养了不少金鱼?"他忙点头,心里乐开了花,原来县长想要金鱼哩。

"那'尾巴'有多好?"他正欲发表他的宏论,却分明发现县长脸色异常,张开的嘴便只吐了口唾沫。"喜欢啥不比喜欢那强。满城的'丁主任尾巴'如何如何,对你的影响你考虑过没有?这有损你的形象啊!要自尊自重,慎独慎微,都不是七八岁的孩子了……"最后,县长语重心长地说:"老丁,到割你的'尾巴'时后悔也来不及了啊……"丁主任早出了头冷汗,只顾洗耳恭听,也忘了去擦一把汗。

天刚落黑,丁主任便休息了。他没照例去欣赏那可爱的小金鱼。他似太乏太累了,须臾便进入了梦乡……

梦里,仍不绝于口地赞叹鱼尾的精美绝伦。熟料,正投入品味的他,倏地感到浑身燥热,五脏六腑挪位般不是滋味。

他不禁骇然,便有大祸临头之感。

果然,浑身的燥热奇痒霎时浓缩于他的脊背,似有千万条小虫叮噬他的脊背。他一阵阵痉挛和痛楚,拼命去抓挠,用毛巾去擦拭,刹那间,"小虫"便荡然无存了。他长吁了口气,弄不清到底发生了什么。他惊惧得出了一身冷汗。

他不安地燃了支烟,余悸犹存地向沙发坐去。但他很快针刺般从沙发上弹了起来。瞧瞧,并无什么。再徐徐坐下,仍如先前般迅疾弹起。他大为惊奇,下意识地用手去摸屁股。

他触到了一样东西。他大惊失色,大汗淋漓。他分明感到屁股上有段粗且硬的异物。

这……难道是……尾巴?!

终于,他惊醒了。

听到他狂叫大喊,妻子忙奔进卧室。

"尾巴……"他仍喃喃不已。

妻听到他的呓语,便气愤地说:"睡着了还想那臭东西,作精!"便悻悻离去。

他披衣下床,缓缓走至鱼缸前,一下将架子上的鱼缸推翻在

93

地,自言自语道:"尾巴啊,是万万不能要的……"

妻子望着歇斯底里的老丁,目瞪口呆……

谁的快刀斩的乱麻

这天礼拜六,孙天一去了单位。天气预报说,西伯利亚的寒流袭来,温度下降 10 摄氏度以上。当绝大多数民众礼拜六的早晨,要从上午十点开始的时候,孙天一七点一刻就起床了。

孙天一走出家门,感到风很刺骨,皮鞋底在水泥路上发出"刺啦、刺啦"的声响。地球仿佛被一个制冷效果绝佳的大空调罩住了。孙天一摇摇头,笑了一下。他在笑一个专家,那专家曾预测,北极的雪正在融化,我们将度过一个暖冬。他抬头望望天空,天空有浮云,天空的颜色虽不是湛蓝的,但至少没有可怖的雾霾。凄厉的寒风中,媳妇的抱怨声还在耳畔萦绕:今儿周六,加班吗?不加班起恁早……脑子进水了吧?他不屑与一个不思进取、熬夜打麻将的妇女纠缠,就把头缩进棉袄领子里,被绑架着似的径直朝单位奔去。

孙天一迈进机关大院,发现院里稀稀落落停着几辆轿车,车上覆盖了一层白绒绒的霜雪,宛如几艘小船垂头丧气地停泊在那儿。树上的乌鸦冻得时不时地大叫一声,空洞而瘆人。一盏路灯忽明忽暗,轻浮而招人厌烦。没思想的胖保安哈着一股股白气在巡逻。值班室昏黄而疲惫的灯光在摇曳。孙主任早啊！保安吹着白色的粗气，笑着跟他打招呼。应叫孙副主任！我副主任 10 年了，你知道不？跟一个保安也吹毛求疵，有意思吗？他抬一下眼皮，扭身来到了三楼。他放眼望去，走廊来来往往的热闹，垃圾桶蚊蝇上下翻飞的热闹，均被死寂覆盖。"301"，再熟悉不过了。时间久了，什么都容易熟悉，就像熟悉媳妇肥臀上的一颗黑痣一样。倘若这个黑痣长在脸上，那命运或许会发生质变。忽地，他感到眼前的防盗门里杀气腾腾、寒意飕飕。他忙挪动右耳聆听，里面很安静。他又来到"302"门口，这回拿左耳聆听，里面也很安静。他一不做二不休，按顺序聆听了"303""304"，最后，他得一结论：人都失踪了，空气凝滞了！

孙天一打开办公室门，映入眼帘的是三张熟悉而陌生的桌子。他说，桌子们，你们辛苦了！他拍了拍一张小点儿的桌子，说，跟着我，受累了，吃不香喝不好的。又指着跟他一样大小的桌子说，你也受委屈了，别再给我钩心斗角了，斗不出啥油水的，安分守己是明智之举。奶奶的！他指着窗户下的那张大桌子骂道，别以为你大我们一点儿，哼！说掀你的哪条腿就立马掀你的哪条腿！

突然，孙天一有了尿意。前列腺肥大的表现就是尿频尿急尿不净。卫生间一溜排列着五个小便池，都张着嘴候着他。偏爱哪一个都可能造成矛盾。于是，他架着"二哥"，从南到北一一尿去，又从北向南一一滋回。孙天一想，要不是尿充沛，还分不均匀呢。

孙天一又回到"301"室，突然发现纸篓旁有份散乱的材料。他弯腰捡起，看到是自己写的那份分析报告，上面还有红笔的批改。他看看纸篓，又望望大办公桌，嘿嘿的笑声由低到高。他"啪"地将那材料摔在地板上，又用脚跺了一下。他只一脚就将那凌乱的材料踢出了门外。他一眼瞄到了烟灰缸旁的打火机，"啪"地打着火，就赶到门外。蓝火苗瞬间就蹿了起来。一会儿，走廊里就充满了呛人的烟味。

狼烟滚滚的，咋回事？这时，一个低沉的声音传来。

孙天一扭头一看，是局长。

局长质问，天一，礼拜六你不好好在家休息，想干什么，你烧的啥？

烧……烧的信。答罢，孙天一也没想到自己会这样语无伦次。

烧的啥信？局长很敏感。

不讲啥，烧了就没了嘛。孙天一一副漫不经心的样子。

孙天一再抬头看时，局长已转身走了。孙天一一想，局长肯定恼火了。唉，恼就恼吧，反正我窝囊的时间也不短了。

中午到家，媳妇还没起床。孙天一胃里咕咕直响。厨房锅里空空如也。一声钝响，媳妇腾地坐了起来。看到摔瘪的不锈钢锅，媳妇杀猪般地直嚷：我的娘呀，这日子不能过了呀！

孙天一遂关了手机。他顿感头大如盆，脑子如乱麻裹着。孙天一摇晃一下嗡嗡作响的头，发出了一声干笑……

不久后的一天，天上掉下来的馅饼砸着孙天一了。

聪明的读者，别说孙天一想不到，也别说孙天一的老婆想不到，就连笔者我也不敢想象。因为那一段时间，大家都在背后喊孙天一"神经蛋"。

孙天一被提拔了，多年的梦圆了，且分管要害部门的工作。

老婆激动得拍拍孙天一的大头，笑着问孙天一，这头还响不响？里面还有乱麻没有？老婆又突然瞪大眼睛，追问，孙天一，你快老实交代，这乱麻是谁的快刀斩的?！

孙天一张着嘴，却说不出一个字来。

雨中有辆自行车

小张呆坐在堆满材料、稿纸的办公桌前，颇为躁乱沮丧，心情恰如外面阴霾的天气，凝重灰暗。

他在揣摩新任局长的脾气，以便出色地完成领导交付的第一个讲话材料任务。

但他感到很茫然。

他习惯性地踱出办公室，站在三楼走廊上眺望。

外面早已下起了霏霏细雨，远近一片混沌。

他的目光随着空中的细雨定格至楼下。

小张看到有辆自行车淋在雨中。谁这么粗心大意？

他蓦地产生了下楼挪那辆自行车的念头，但很快又抹去了念头。他找出了至少两条不能去挪那辆自行车的理由：一是自行车总有人看见，为什么别人不挪？二是学雷锋怕被别人看成出风头。

这时，小张听到走廊上有脚步声，忙收回目光，凝视远方。

小张的思绪仍如乱麻。他深吸一口气，又呼出一口气。

忽然从楼下传来新上班的员工小王的歌声。

　　小张下意识地朝楼下看去。只见小王哼着歌,一下子跃入雨帘,利索地将那辆自行车挪至走廊下。

　　他听见小王说,咱们新来的李局长坚持上下班骑车,锻炼身体!

　　小张一听是李局长的自行车,一下子怔在了那里……

从老鼠咬卫生纸开始

这天一大早,蹲在马桶上的楚河发现眼前的一卷卫生纸的一端有明显被老鼠噬咬的痕迹,展开后,这卷卫生纸就像规则的长城。楚河不由笑了,笑老鼠的无奈和无能,咬什么也比咬没有营养的卫生纸强呀。于是,感到可笑的楚河就拿着手机拍了一下,发给了妻子。那意思是,老鼠比你还忙呀,讽刺妻子连老鼠都看不住。床上躺着的妻子很快回复,有本事你逮住不安分的老鼠呀!楚河抿嘴一笑,随着裤子的复位,这事也就烟消云散了。

这事烟消云散了,可楚河的自拍兴趣却与日俱增。特别是有了这款曲屏手机后,他更是见缝插针,随时自拍,自拍后必发给心爱的人分享。

在大办公室西墙上的一幅山水画前,趁下班无人,楚河就用手机自拍了一张照片。照片里的自己英俊潇洒,充满活力。他说,这照片上的人,咋看咋像个科员呀。那时,他毕竟才是个普通办事员。他得意地轻点手机屏幕,把那照片发给了妻子。妻子点了赞。

楚河的嘴好像被大师开了光,他很快就当上了科员。

当上了科员的楚河,在俩人一间

的办公室,选准角度,摆好姿势,自拍了一张类似于工作照的相片。相片的主人器宇轩昂,红光满面。他心里说,这咋看咋像个科长呀。心里嘀咕着,食指轻触屏幕,把那照片发给了妻子。很快,妻子回复了微信,说,臭美!

不久,楚河果真晋升了科长。晋升为科长的楚河就"入驻"了单独的办公室。

在单独办公室,楚河用手机自拍了几张自己的伟岸形象,精心挑选了一张,发给了读大学的儿子。很快,儿子回复说,我爸真像个大领导哦。楚河感到无比通泰。此时,他心里已觊觎着那局长的位子了。

这天上午,他突然接到了组织部长要来调研的通知。他亢奋地抓起手机,任性地自拍了一通。精心挑选一张,食指轻触,那照片就箭一样发射了出去。发后,他浅浅地笑了。

这回,他发给了一个名叫月红的女人。

此女人是谁,笔者不想赘言,你懂的。

楚河感到浑身倦怠,他就提前回了家,还想修改一下秘书准备的发言材料。

到了家,他伸手打开电脑,把 U 盘插了进去。刚启动 U 盘,手机响了。看来电显示,是"宁主任 2"。他忙捂着手机一头扎进了卫生间。

这"宁主任 2"不是宁主任,是那个叫月红的女人。手机里多了个特殊人,要费多少心思啊。从卫生间出来,楚河探头朝客厅望去,见没有什么动静,这才松了一口气。唉,做贼没有不心虚的。

坐在电脑桌前,鼠标一滑动,屏幕上出现了令他惊讶的画面——一浑身雪白的女子与一赤裸男子在床上像两条蛇一样缠绕在了一起……

细看,这女子好眼熟,竟是月红!那男人也好眼熟。

楚河忙起身探头到屏幕前——啊?这不是自己吗?!

如此龌龊的视频如果传到网上,后果不堪设想。楚河敏感地意识到了这一点。他十分后怕,忙抓鼠标。慌乱中,打开的却是那一行行沉默的发言材料。

他伸手快速拔下了 U 盘,如旱地拔葱,粗暴而简单。

原来,视频是那 U 盘上保存的。

楚河擦一把额头上的汗,空洞地发出了一声叹息。他很无助地打开似笑非笑的电脑上的音乐软件。这是他多年养成的习惯,就如他激情似火的自拍。他发现,音乐列表中,仅一首歌曲,是崔子格和老猫的《老婆最大》。他始料未及。再点击,"老婆最大呀老公最二……"的歌声,便如丝如缕妖魔一样钻入了他的耳朵。声声入心,句句刺耳。他猛然意识到电脑里还应该有什么东西存在,于是就忙开始搜索。倏地,他发现有一新建文档"楚河摄影作品集"。他很诧异,急忙打开。一段文字自然弹出:

> 小楚喜爱摄影,就像其他年轻人一样尤爱自拍。抓拍以"我"为中心,角度新,内容实,记录了他的人生过程。既能自娱,又增正能量。特辑。(待续)

下落一字:妻。

知我者,娇妻也!没料到妻子心思恁缜密。楚河霎时感到羞愧难当,无地自容。法律的红线,道德的底线……他仿佛听到了妻子暗自悲伤的嘤嘤声。电脑上的一张张骄傲而陌生的影像,瞬间被泪水打湿……

翌日,一身笔挺西服的楚河,在座谈会上,面对众多领导,做了脱稿发言。凝重老练,简洁明晰。领导带头鼓起了掌。

掌声中仿佛夹杂着一声清脆的石头落水的声音,"扑通!"——那是 U 盘坠水发出的绝响。

走出会议室,楚河轻点手机,从联系人中把"宁主任 2"删去了。他仰头看看远方的天空,心里是少有的轻松。唉,心里装着不该装的东西,那才叫累啊。

楚河回到家里,习惯性地走进卫生间。他突然发现一卷有明显的被老鼠噬咬痕迹的卫生纸横在眼前。这跟一年前那卷卫生纸何其相似呀!那只讨厌的老鼠还安在吗?老鼠咬卫生纸,总不胜爱大米呀!自己莫不是那鬼鬼祟祟的老鼠?想至此,楚河不由浑身一激灵,顿感小小的卫生间如冰窟一般寒气逼人,那膨胀的尿意也荡然无存了。

匿名的告诫

一大早，万集镇党委书记钟凡便从新来的信件中发现了一封匿名信。

那信上说，镇中学教学楼工程必须公开招标，如暗箱操作，写信人将代表万集镇五万群众反映到纪委。

钟凡看后惊出了一头冷汗。他下意识地打开抽屉，望着李包工头前天送的厚厚的信封，倒抽一口冷气。

他叫来秘书，把那厚厚的信封交给了他。秘书转身离开后，钟凡感到少有的轻松。说心里话，他还真有点儿想感谢写匿名信的人呢，因工程承包出事的领导还少吗？

这天，在去县里开会的路上，钟凡接到了一个电话。号码陌生，声音更陌生。那陌生人在电话里说，你作为党委书记，人民的公仆，包养情妇，你考虑后果了吗？请你好自为之。钟凡边接电话边擦汗，正欲问是谁，对方已挂断了电话。

钟凡忙提出号码，重新拨去。拨通后，那头变成了尖尖的女声。对方告诉他这是公用电话。钟凡忙问刚才打电话人的年龄、长相特征等。对方说打公用电话的人多，记不清了。

钟凡只好挂了机，苦笑着自语道："好在并没有这样的事。"

转眼,清明节快到了,钟凡父亲去世三周年的日子也近在眼前。妻子李芹爱说,老钟,啥人情,其实都是冲着你手中的那点儿权来的。

望望一起走出农村,又共同生活这么多年的妻子,钟凡很理解地点点头。近来的匿名电话使他很不安,无形中像有双眼睛盯着他。

李芹爱接着说,你不要请假了,需要帮忙的人我都想好了,到时你自个儿回来就行了。又轻叹一声,这样,我们心里踏实啊!妻子办事有主见,且能为自己着想,这让钟凡感到很幸福。算命的说,妻子有旺夫相。他下意识地摸摸妻子有些发白的头发,目光里充满了幸福和感动。

人生像一场大戏,戏很快就结束了。钟凡退休了,成了一般同志。可赋闲的钟凡不肯闲着,主动帮助下岗工人谋生活,向政府反映群众的呼声,生活依旧忙忙碌碌。老钟是个闲不住的人,街坊邻居都这么感叹。

也就在这时,老伴儿李芹爱病倒了。病房里,紧紧握着老伴儿枯瘦的手,钟凡昏厥了过去。

后来,钟凡的弟弟泣不成声地说,那匿名电话是嫂子让找人打的,那匿名信也是……

人生得一知己足矣。钟凡老泪纵横,无语凝噎。

蹲

吴海从农村到城市,是"蹲"着迈进去的。

18岁那年,吴海高中毕业,差2分没考上大学,再也没复读。乡亲们同情吴海,都推荐他要么教书要么进大队班子。

为啥都推荐吴海呢?一是他喝了一肚子墨水,有学问;二是——也是最根本的,吴海没有像其他落榜生那样哭闹耍小孩子脾气,整天若无其事有说有笑,像肚里能撑船的宰相。每到饭点,吴海还端着海碗跟大伙儿往一块挤,在饭场蹲着与大伙谈天说地。日子久了,就跟乡亲们蹲出了感情,吴海就蹲成了大队干部。

当了干部,吴海仍跟大家挤一堆蹲着吃饭,似成了习惯,无一点儿做官的"尊容"。大队里有个啥事,吴海就在饭场或田间地头蹲着给乡亲们讲。对原先的大小干部,社员都多少有些怕,保持着或远或近的距离。吴海当干部,村民们感到很亲切。

后来,吴海调进了公社。再后来,吴海又进了城。官当大了,可吴海的蹲一直保持着。时间长了,竟蹲出了一些"新闻",县里乃至市里一些干部大都知晓。

蹲

　　吴海刚到公社那阵,一次县里来客,吴海坐在沙发上正陪得带劲,客人端杯的手举着不动了,惊讶的表情也定格了,场面一时颇显尴尬。

　　原来,吴海吃着说着,那屁股慢慢滑下沙发,蹲在那儿陪起了客人,像找到了感觉,兴致很高,精神亢奋。

　　客人回城就传开了,一时成了县城机关的笑谈。时间一长,吴海再蹲着陪客人吃饭,大家也见怪不怪了。

　　一次回乡下老家,正赶上吃午饭,吴海就一头扎进了久违的饭场,蹲着喝红薯稀饭,吃蒸的青菜。吴海毕竟是乡官了,乡亲们看他西装革履的,也不好意思,就有人给他递了个小板凳。不料,他一下将小凳子扔出老远,愠怒道:“乡亲们不认我吴海是咋的?我吴海走到天涯海角,还是土生土长的吴海!”乡亲们乐了。

　　人不传不出名。传吴海蹲着陪客不说,还传吴海工作扎实、政绩突出,这一传就传进了县委领导耳朵里。有位县委领导慧眼识才,大胆起用了吴海,将他调进了县农业局当副局长。

　　在全县大会上,那位提拔吴海的县委领导有幸目睹了吴海的蹲。会上,吴海讲解农业结构调整的有关知识,这是他多年工作实践积累的东西,经验大过学问。吴海是愈讲愈投入,愈讲愈来劲,旁征博引,口若悬河。讲着讲着,就见吴海缓缓站起,缓缓离席,缓缓走到主席台前,又缓缓蹲下,连比画带解释,把农业结构调整的有关知识由浅入深、由表及里诠释了一通,博得了全场一千多人的阵阵掌声。

　　会后,那位提拔吴海的县委领导激动地说:“吴海同志,你的蹲俺真服气啦!”吴海忙笑着解释:“让领导见笑啦。说来也怪,我不蹲着说话办事,这双贱腿就痒痒。用时尚的话说,我这蹲啊,或许跟大伙蹲出了零距离吧。”

107

漫不经心

王连平是郊区的西医大夫。他的药铺很简陋,临街的两间并不宽敞的病房,四五张木板床,两三把木联椅,却不断有病号出出入入。

王大夫主要诊治一些不值当进大医院的很普通很平常的疾病,如咳嗽、痢疾、感冒、发烧、腰酸腿疼、红眼病等。他的药便宜,药量也不大,不像有些医院的黑心大夫,在处方笺上,密密麻麻地写一整张,有时还要再补充大半张。

他看病可谓漫不经心。一般的疾病,他听一听,望一望,就从药柜上不同的药盒中取出七八支针剂,"啪啪"敲开,"哗"倒入一个大茶缸中,适量兑些葡萄糖水,然后缓缓倒入一个干净的小塑料瓶。只见他左手执瓶,右手拿茶缸,准确无误地将配好的药水倒进塑料瓶里,每次都是瓶满药净,半点儿不剩。这让我突然想起《卖油翁》中那老翁熟能生巧的镜头。

将瓶盖拧紧,递给患者,就听他轻声说,红糖开水冲服,两次喝完,病就好了。声音不高,却充满了自信,给患者带来了很轻松愉悦的感觉。

患者忙付款。

王大夫也不谦让,对着眼前的一

把旧算盘,啪啪弹出几声脆响,随口说出一个数字。那数字让你吃惊,是小得让你吃惊。

那年春天,县城流行红眼病,他研配的药水疗效神奇,医治了很多病号,当然也赚了不少钱。

王连平的药量不大,却很有疗效,药价不贵,边诊边治,方便快捷,这都迎合了大众的心理。

最近几天,我感到我的头部左边有些隐隐作痛,就来找王大夫。

其实,我参加了医保,可以到大医院去诊治,但我不想去。上礼拜单位组织体检,B超、胸透、验血、查尿等都做了,没啥毛病。不知道啥原因,这两天光头疼。

王大夫正在给一个女患者配药水,我坐在旁边等着。

王大夫的动作更流畅自如了,眨眼间塑料瓶就装满了透明的药水。

我把情况给王大夫说了一遍。

我与王大夫很熟悉,我女儿打小就喝王大夫的药水,现在已健康地读到了初中。

王大夫听完,就从柜台上拿出两个小白瓶,分别倒出几粒药片,用纸包好,轻声说,每次一包,两天就好了。

我求医心切,问,还吃其他药吗？要是搁其他医院,光药也得吃几大捧,非吃得胃酸胃胀不可。

王大夫又把那两个白瓶搁进药柜,说,没啥大毛病,调节一下神经就好了。

他说着,用一次性纸杯给我倒了半杯开水,说,这就喝一次吧。

我打开纸包,仰头将药喝了下去。

王大夫问:机关里忙吧？

我答，忙不着，也闲不住。

王大夫说，坐机关，真享福。

我叹了一声。头仍有些隐隐作痛，就没多说什么。

王大夫又问，工作有压力吧？

我笑着答，有点儿吧。

王大夫说，你这是神经性头疼，暂时的，别往心里搁。

我忙点点头。

王大夫又说，前不久，我接了个怪病号。说着指了指门头上挂着的一面锦旗，这就是他送的。

我望着王大夫，听他把故事讲下去。

王大夫说，这个病号，他光感到身上不得劲儿，上海、北京也去了，没查出个所以然。我分析他啊，是唯恐自己没病，真能找出个毛病才舒服呢。这种人，是不知道对自己咋爱惜了，胡折腾！也不知他咋听说我配的药水效果好，就来讨一瓶。我给他简单配了瓶药水，嘱他回家多运动运动，多吃些面饭。最终，收了他五块钱打发了。时隔不久，他就来给我送了这面锦旗。

王大夫说着笑了。

听后，我扑哧一下也笑了，说，这是心里有病。

头还疼不？王大夫笑着问。

我按按左边的脑袋，又晃了下头，感到明显轻多了。

这时，又有病号走进了病房。

告辞王大夫，我突然想，像王连平这样的大夫，还真少见呢。

至今，王连平大夫仍在那两间不大的病房里忙碌。有病号和他闲唠，说王大夫何不扩大经营？王大夫就笑答，扩大了，就忙不过来了，忙不过来，就容易出差错。人命关天啊！能赚的钱，就赚；赚不了的钱，就让。

在大家看来,王大夫轻松地给患者看病,轻松地往兜里装钱,真是快活啊!

"啪啪",王大夫又敲开了针剂。

再活五百年

当谢老太太从仅剩两颗发黄的牙齿的嘴里，再次咕哝出"我不想活了"，真的就引起了正洗谢老太太衣服的我的警觉。身为专职保姆的我的一双湿漉漉的手就僵在了空中，不由望望坐在堂屋门旁轮椅上的谢老太太，又望望乡村寥廓的天空。谢老太太宛如熟透的香瓜，随时都可能落地。一只喳喳的喜鹊，不识时务地拉下一粒屎，那屎像子弹一样穿透阳光，不偏不倚射到谢老太太肩上。

我忙擦干手去拨打谢总的手机。我牢记着秃顶的谢总对我的嘱咐，老太太有什么异常，立即拨打他的手机。我判断，谢总的大谢顶应跟他城里和乡村来回的跑动有关。

娘，咋不想活了呀？谢总风一样从城里赶回，笑着蹲在谢老太太跟前，问道。

吃饱等饿，没啥意思。谢老太太嗫嚅着答道。谢老太太的听力时好时坏，思维也是一会儿清，一会儿浑。

娘，过去咱家没吃的，村里不少人都逃荒要饭，您那时咋不想不活呀？谢总很有耐心。

谢老太太笑了，空洞的嘴里那两颗残牙很醒目。

娘,这房子还小吗?

站在一旁的我笑了,说,俺家五口人的房子也没这宽敞。

娘,是吃得不好吗?

谢总每月除发给我薪金外,另外给我 300 块让我买菜、买水果,再三嘱咐我做饭要荤素搭配,科学营养。谢总忙,家里就我和谢老太太吃饭。谢老先生去世得早,一张大照片摆在堂屋的桌子上。

娘,是那戏唱得不好听吗?

听说谢老太太年轻时曾在戏班唱过戏,很喜爱听戏,谢总就给她买了最好的唱机,还有厚厚的碟片。

谢老太太摆摆手,说,不是,不是,我觉得活着厌烦了。

这环境干净,衣服干净,一天三顿饭滋滋润润,还有果汁喝着,不会享福吧? 谢总倒笑了。谢总说着,从口袋里掏出盒碟子,说,娘,我让您听听这个。把碟子装进唱机,声音就飘了出来。我一听,是那个有关皇帝的电视剧歌曲,啥"做人有苦有甜",啥"还想再活五百年"。

谢总真有心,我不由笑了一下。就听谢总问,娘,听明白了吗?

啥五百年呀? 谢老太太半懂不懂地说。

皇帝还想向天再借五百年哩! 谢总有些激动。

我忙附和说,您不好好活,要叫我失业呀?

这时,谢老太太抬起胳膊,那皮多肉少的手朝桌子上指去。

谢总扭头望去。

相框里老先生的笑容很可亲。

恁爹一个人在那边快二十年了。谢老太太仿佛自言自语。

呵呵,想我爹了。谢总站了起来,他一定是腿酸了。

是恁爹想我了。谢老太太依旧喃喃自语。

我一惊,脊背直冒凉气。

娘,您的一大群孙子都盼您健康长寿呢。

孙子?我多久没见了?好想他们啊。

的确,我来伺候谢老太太也快一年了,真没见过谢总说的一大群孩子。

娘,北京的北京,广州的广州,出国的出国,都有出息了,您不高兴吗?谢总忙说。

高兴,高兴。谢老太太盯着相框,一滴眼泪挂在了眼角。

谢总扭头望着我,说,嫂子,把刚才那歌曲反复播放。唉,老太太真糊涂了!

我点着头思忖,播放一首歌曲又能怎样呢?

这时,谢总的手机响了。接听后,我发现谢总的脸色明显很焦急。就听他又嘱咐我,播放歌曲的事,千万别忘了。

我笑着再次点点头。

谢总转身跨步出门。谢总确实很忙。

突然,谢总止住了脚步,一脸正经地说,我听一个大师说,当父母的能活多久,就预示着下边的孩子能活多久,所以,那首歌曲要让老太太反复听,洗洗她糊涂的脑子。实话实说,就是你今天不打电话,我也准备回来送碟子呢。

我一愣,看来碟子真的非常重要。

谢总驱车走后,我立即打开唱机,那首《向天再借五百年》的歌曲就反复唱了起来。那虚幻的乐曲像水雾一样罩住了谢老太太。

这时,我意外地发现,谢老太太不再说胡话了,竟闭目睡着了。

我拿条毛巾,蘸上清水,去擦老太太肩上喜鹊厨的那团发白的屎。我轻轻地擦啊擦,怕惊醒了谢老太太。她好几天没睡香,大都是一挤眼就醒了。我第一次察觉到,小鸟的屎不是很臭,似还有野草的余香。蓦地,我突发奇想,要是臭气熏天,谢总会不会亲自为老太太擦拭呢?反正我是会的,谁叫我是专职保姆呢!

绿军装

说起牛尾村的媳妇胡桐花，不得不提那绿军装的事情。胖妞胡桐花之所以能成为牛尾村的媳妇，就是因了牛广林的那身绿军装。

牛广林复员后带回来一身绿军装，鲜亮的绿军装立刻照亮了一村人的眼睛。他穿上军装，英姿飒爽，气度非凡。我大堂哥因借穿了这身绿军装行头相亲，很快就把我堂嫂子骗回了家。

这身军装同样给牛广林带来了好运。那个年代，别说军人，就连一个月几块钱工资的代课教师也令人眼馋。一个花花绿绿名叫胡桐花的大姑娘，就奔着那身军装，毅然投入了牛广林的怀抱。

当时穷困的村里人找媳妇是很难的，可当军人出身的牛广林，经媒妁与胡家庄的胡桐花见第一面后，胡桐花就一头扎进了他的家。没过门的闺女咋能贸然到婆家呢？自古笑女不笑男，意思是女孩子家是不能乱跑的。胡桐花却"先入为主"了。她亮出了女人特有的洗衣做饭看家的本领，以未来的婆婆有病为名，竟然大大咧咧出入牛广林的家门。

那时，农村还没有谁家有洗衣机，

胡桐花就用手洗衣服,洗有病的婆婆的衣裳,当然重点是洗当过兵的男人的衣裳啦。毕竟深秋浅冬了,那水虽不刺骨,却很凉了,桐花的手就没了血色,白中透紫,少了生机。可她的心如沸水不停地煮,咚咚直响,热气腾腾。如墨秀发不时飘落水中,她就不时用湿手把那不安分的几绺秀发轻绕脑后。很快洗了满满一大盆衣裳,胡桐花擦擦额头上的细汗,又朝冰凉的小手哈口热气,撑着有点儿酸痛的腰,搓着双手就和未来的婆婆仓皇告了辞……

回到家,娘望着女儿桐花的脸色一阵白一阵红,笑了。羞红着脸的女儿,看上去像盛开的花朵,艳丽芬芳。唉,女儿真是个憨大胆!很快,娘噙着幸福的泪花,在一片高昂激越的唢呐声中,望着一身红嫁衣的女儿桐花顶着红头巾探身钻进了牛广林的大花轿中。

我们几个调皮的孩童贼一样趴在窗下偷听洞房。就听男声说,辛苦你了!女声怯怯地答,都一家人了,还客气个啥,不就是洗个衣服吗?男声又说,等有卖洗衣机的,咱也买一台。女声说,咱娘有病,别乱花钱了,俺就是你的洗衣机,洗得干净,还省电。好久,女声又说,每次俺都把你那身绿军装用清水轻揉……它是人的名分啊。就听"噗"的一口粗气,晃动的烛光灭了。我们几个很不耐烦,毫不客气地朝窗里扔了块早准备好的半截砖,就老鼠一样逃了……

那年办理身份证,乡里派出所组织照相,胡桐花竟穿着男人的绿军装上衣照了相,惹得村里人笑出了眼泪。

每次牛广林穿的军裤,都是线条笔直。当时在乡下,熨斗也是个稀罕物,大家就感到蹊跷。后来,细心人发现了秘密,原来是她把裤子认真叠好,压在了枕头下。

一次,胡桐花边缝补军衣上的一个小口子,边半是玩笑地说,这身军装,就是我的命,它让我嫁给了你,生了儿育了女,啥时候也不离开它。它就是我的宝贝,比金银珠宝都金贵。到我老了,我也要……牛广林笑道,到你老了,我就用这身军装,盖着你。谁知,牛广林一语未了,胡桐花竟呜呜地哭起来了。

后来,村里流行外出打工,看到别人都挣了大把大把的钞票,胡桐花不免眼红,就让男人牛广林也外出打工。临行前,胡桐花眼圈突然红了,边打理包裹,边带着哭声说,在外别讲挣多少钱,注意安全,真不行就回来。牛广林点点头,拎着蛇皮袋,坐上城乡公交车打工去了。

到了深圳,牛广林打开蛇皮袋,掏出绿军装上衣穿上,却找不到裤子。牛广林叹了一声,摇摇头,这个粗心的娘儿们!于是又脱下了上衣。

牛广林没料到,他媳妇胡桐花把那条绿军装裤子留下,挂在了他们的床头上。风一吹,两条裤腿就不安分地一摆一摆的。有时,胡桐花看着看着就不由自主地笑了;有时,胡桐花看着看着泪水就悄无声息地流下来了。

卒哥

"啪啪",两枚木质棋子滚动相撞的清脆声音,由远及近,由弱而强。这一定是卒哥来了。他的口袋永远是鼓鼓的,鼓鼓的装着的是塑料棋盘和棋子。他悠然踱来,漫不经心,左手执着两枚棋子。随着手指的翻转,那两枚棋子便耐心地不间断地发出"啪啪"的清脆相撞声,俨然像城里人为了健康在手里把玩的两个核桃一样,翻来覆去。只是城里人的核桃不能相撞发出声响,那是为了锻炼手力,锻炼大脑。有节奏的相撞声,在我们牛尾村的大街小巷角角落落,分明传递出了卒哥的自信、悠然和博弈之快乐。

卒哥大名叫牛广林,乳名唤作兵。他参军复员后,带回村里一副印有红色"奖"字样的木制象棋。他时常是棋不离手,手不离棋。象棋里,原本兵就是卒,卒就是兵嘛,于是就都不喊他兵而称呼他卒了。他年龄比我大好多,我就直呼他卒哥。

在卒哥"啪啪"的激励声中,我学会了马走日、象走田、卒拱一步仕走叉,只是我时常败得一塌糊涂,毫无招架之力。后来,情况有了逆转,他输多赢少了。

卒哥的二儿子有才八岁那年,奔

着军装而来的胡桐花,患败血症,撒手西去了。卒哥在胡桐花的黑色棺材前,独自对弈三天三夜,茶水未进,一言不发,直至昏厥过去。半天发出一声"啪"的棋子相撞声,如幽灵发出的哀鸣。

等我再见到卒哥时,他的大儿子有福在南方打工被骗,卒哥寄去的数目不小的押金也打了水漂……不料卒哥见了我,倒来了精神,仍是笑嘻嘻先拿棋,布盘,码子;仍是手执两枚棋子,啪啪地翻转……还埋怨我,在城里上班也不常回来,忘了哥吧……此时,棋盘前的卒哥满面皱纹,瘦削中透着刚毅。卒哥突然说,我这二儿子有才很争气,我常拿你当榜样。他又自言自语说,有才这孩子聪明,能考上大学的,我就是砸锅卖铁,也要供他。说着,捡起一枚棋子,晃了一下,笑道,只能向前,没有退路呀。卒哥手执的是棋子"卒"。

初夏的一天下午,在村头的柏油路旁,我看到卒哥正独自一人下棋。他见了我,精神倍增。我问他咋恁好的心情自个单奕?卒哥说,无事一身轻啊。彼时,他二儿子有才正在读研究生。说着,顺手指了指小菜园里忙碌着的一个穿着蓝碎花衬衣的女人,似不好意思地笑道,你嫂子。

我一愣,顿时明白,卒哥又续了一房。也不告诉弟一声,弄顿喜酒吃吃呀! 我不禁责怪道。

再下一盘吧。卒哥满脸灿烂,缓缓码开了棋子。

我分明发现我那不高不低的俊俏嫂子,在西天的金黄的阳光下,正饶有兴致地用青麦秸秆,漫无目的地吹着路边正盛开的一朵黄花呢……

卒哥望望她,又看看我,叹一声,说,是个傻蛋,外来的,老家哪儿的都说不清楚……

我笑说,老来伴,是哥有福气哩。

是她有福气哩,遇到我,家里好吃的,都尽着她了。权当养了个小猫小狗吧。

　　卒哥说着，"啪啪"有节奏的棋子翻滚相撞的声音，再度响
起……

抽沙

一场捍卫家乡环境的战斗,在三月的阳光里,在牛尾村河沟,拉开了帷幕,硝烟味在春风中弥漫。

群众蜂拥而至,足有五六十口子,分散站立在河沟四周,与四周的钻天杨,围成河沟的不可侵犯的一道屏障。村主任牛益民站在最前沿,他伟岸的倒影在清澈的河水里,随风摇曳,怒气冲天。

三个年轻人没见过这样庞大的阵势,一阵阵胆怯心虚。光头悄悄熄掉了机器。墨镜摸根香烟尴尬地燃上,猛抽一口,吐出一溜烟。红 T 恤愣了许久,故作镇静地说,咋啦?想打架不是?说着把红 T 恤脱下,抛到脑后,一副来者不拒迎接挑战的架势。

村主任牛益民款步走下沟坡。

红 T 恤下意识地后退几步。

年轻人,牛益民笑着说,啥钱不能挣,到这儿来折腾?你们抽沙子,把这好好的河沟弄塌陷,把这清澈的河水弄浑浊,伤天害理呀!

三个年轻人面面相觑,一时没了言语。

牛益民抬手指指四周的村民,说,在这儿抽沙,问问他们愿不愿意?他们打小就在这河沟里洗澡。你们再看看田地里的麦苗,长势喜人,就是这水滋润的啊!

墨镜嚷嚷唧唧地说,我们到哪儿也没见你们这样的,一个破河沟金贵了,命似的。不让抽也得抽,看谁阻止得了!

有村民喊,别理他,打110报警!

就听光头冷笑一声,说,打啊,打也白打。牛局长会摆平的。

哪个局长也不行,欺负百姓,找政府告他去!一旁的村民不禁喊道。

光头又冷笑一声,拉着腔调说,告去呀,你们村的牛耀祖牛局长。

啊——耀祖?河岸上炸了锅,不可能!

这时,牛益民说,小子,你说话要负责任呀。耀祖是我打小看着长大的,他在这沟里洗过澡摸过鱼,他怎么能让你们来他老家作孽呢?

一个村民说,胡诌八扯,鬼才信呢。

光头下不来台,很着急,就掏出手机,说,好,你们不信,我这就打牛局长的手机。

折腾半天也没打通,光头就说,可能开会,无法接通。

牛益民拍拍光头的肩膀,望望四周的村民,郑重地说,要是俺村牛耀祖叫你们来的,同意你们抽,愿抽几天抽几天,哪怕抽得天塌地陷,我们也不会阻止。

空旷的河沟霎时安静了下来。

红T恤很识时务地说,既然这样,把你的手机号给我们,回头让牛局长给你打电话。走,我们先回去。

发动汽车,光头气急败坏地吹了声口哨,抛下一句话,到时把你们的河沙给抽净!

有人捡块坷垃,义愤填膺地朝车掷去。

牛益民感到问题没恁简单,他劝退村民,一屁股坐在了河沟

123

抽
沙

上。他望望充满破坏力的水泵和粗水管，心里很寒，也想不通。

牛耀祖是孤儿，爹娘期望他光宗耀祖，可惜爹娘死得早，没能享上福。这孩子争气，考上了大学，混进了机关。逢年过节，隔三岔五，还回来看看，还时不时给他带来两瓶好酒或一盒好茶叶。

这孩子不会傻到这个程度吧？

牛益民掏出手机，给牛耀祖打过去。竟打通了。牛益民很惊喜。奶奶的，刚才那几个浑小子糊弄人哩！

喂，耀祖。

二爷，您咋闲了？

耀祖，工作忙吗？告诉你件事。

咋啦，二爷？

几个浑小子要在咱村河沟抽沙子。村民当然不愿意，险些打起来。

真无法无天！我这就安排执法大队查查。

唉，现在暂时平息了。耀祖，他们提到了你。

啥？血口喷人！二爷，您先别急，我给您查个水落石出。

我不会相信，村民也不会相信。

牛益民挂了手机。

牛益民突然想起，在这河沟，他曾救过耀祖。那年耀祖才七八岁，摸鱼时腿抽了筋，是他把正挣扎的耀祖拉上了岸。到今天耀祖这孩子也没忘记，那从城里带来的好烟好酒，就是谢恩的。

第二天，没等执法人员来，那三个小混混就灰溜溜地把抽沙子的机器和管子拉走了。

牛益民正掏手机拨耀祖的号，谁知耀祖却打来了。耀祖说，二爷，那几个家伙又去了吗？

来了，又走了，拉着机器走的。牛益民的声音很自豪。

好，这就好。二爷，下次我回去，给您带瓶茅台品尝品尝。

恁好的酒,我喝了成神呀?

谁叫二爷是我的救命恩人呢。

牛益民笑着挂了手机。河沟里潺潺的流水声和鸟儿婉转的啼鸣,电波一样传入耳孔。

牛益民当然看不到牛耀祖是咋挂的手机。

牛耀祖把手机朝办公桌上"啪"地一放,随手把一个大信封摔在了地板上。

一旁,站着一个人,一个光头小子。

你猪脑子吗?哪个地方不能抽,竟跑到我老家抽沙,不长眼!

牛耀祖看也不看局促不安的光头,猛点了下他的头,拂袖而去。

光头小子糊涂了,牛局长咋把保护费给扔了出来呢?

牛耀祖坐在车上,手摸着方向盘,却没急着发动车。透过车玻璃,看着光头仓皇钻进车里离去,他这才长出了一口气。

细想想,真得感谢二爷牛益民,明天就回村请他喝两盅去!

从城市打回乡村

老憨开餐馆纯属巧合。餐馆的关门,也是他没料到的。后来,提到在城里开餐馆,他的心情就像那道布袋鸡,五味杂陈。他笑着说,好在我的布袋鸡会飞!

开餐馆缘于那个旁门姐姐的一句话。

当时老憨军转回来,一年多了没活做,闲得心焦,就找到了这个在城里的姐姐。与这个姐姐细算还没出五服。姐姐也看出了老憨的焦急和无助,说,干啥好呢,你也三十好几了吧?老憨忙点头。老憨就弄不明白,人人都喊他老憨,自己的脸就长得那么急迫吗?没办法,在部队里战友也这么喊他。姐姐又说,上班吧,工资低,也不好安置,唉!姐姐一副爱莫能助的愁样。这时,姐姐一抬头,看到了茶几上的大盘子小碗,眼睛一亮,说,开个饭馆吧。

老憨一进门,就闻到了客厅里一股子呛鼻子的烟酒气和菜的混合气味。

家里客多,姐姐说,再说趁你姐夫还在台上,生意会好的。老憨感激不尽,多亏姐姐拨云见日。

受姐姐的鼓励,老憨就在姐姐家

门口开了饭店。啥都筹备齐了，店名倒叫老憨犯了愁。老憨文化低呀，要不就在部队发展了。还得找姐姐，老憨城里熟人少朋友也少。

姐姐笑了。姐姐也没干过生意，整天蹲机关，哪弄过这事呢。姐姐笑着笑着，说，干脆叫"老憨餐馆"吧，简单好记。

老憨完全同意。

就这样，老憨餐馆诞生了。看着自己的名字上了招牌，老憨笑了。

老憨要笑的还在后头呢，他的餐馆生意火爆，原来的一间房迅速扩大为四间了。餐馆生意好，一是姐姐的支持，她家里三天两头有客人，一律叫老憨送菜，还有姐姐的三朋四友捧场；二是他肯钻研。姐夫说开餐馆必须有特色菜。于是他制作了一道菜：布袋鸡。这布袋鸡，肚膛里放置海参鱿鱼、竹笋蘑菇、木耳银耳等，兑水熬制，辅以花椒姜丝、红枣大葱、蒜黄芫荽，汤美肉鲜，滋阴壮阳。这道菜，就像老憨一样，实惠实在，人见人爱，来客必点，许多人就是奔着这道菜来的。

一天深夜，老憨在关门的时候，突然意识到一个问题，他最近很少见姐夫的面。姐夫忙，是个啥官，听说是管城市的。老憨自嘲地笑了，问恁多干吗呢，自己又不懂官场，隔行如隔山嘛，有生意做不就行了？

细想，老憨察觉出了异样，近一段时间很少往姐姐家送菜了。他就忙里偷闲拎了只布袋鸡，直奔姐姐家。

姐姐还没下班。姐夫倒在家里。胖胖的姐夫正耐心地修剪着盆花。生意忙吧？姐夫头也不抬，问道。老憨忙回答，还行，还行。姐夫没再言语。老憨局促地搓搓双手，说，感谢姐夫！谁知姐夫头也不抬，也不搭话。老憨很局促，就退着离去了。

出了大门，老憨感到胸闷，不禁自责，没出息吧，见了当官的紧张得一句话也说不囵囵。老憨想表达的意思是,没有姐夫的指点,哪有我的布袋鸡。姐姐曾夸赞,老憨的布袋鸡飞遍大街小巷了呢。

这天,老憨见了姐姐,责怪姐姐好久不要菜了。姐姐却说,老憨,好好干。老憨看出姐姐有心事,就问,姐,有需要帮忙的事吗?姐姐不无哀伤地说,你姐夫退居二线了,心情不大好。老憨无奈,安慰道,人都有这一天,姐要看开。

老憨就留意姐姐家门前的路口了。他主要是观察姐夫有没有啥情况。他看到,姐夫出来很少,偶尔出来走动,只站在路口。姐夫一出来,就不断有路人跟他打招呼。自己在城里这么长时间,也没有几个人给自己打招呼呀。老憨边忙乎边自怜地琢磨着。

姐姐隔三岔五还叫送餐,但每次点不了几个菜。老憨就额外多加菜,还埋怨姐姐,把自己当外人了。

一连几天不见姐姐的身影,老憨很着急,拎着布袋鸡去姐姐家,仅保姆一人在家。老憨这才知道,姐夫生病住院了。老憨急忙赶到医院,见姐姐眼圈红红的。姐夫轻微脑出血。姐姐说,打打针,休息休息就好了。老憨的眼泪也滚了出来。

一天在餐馆,老憨突然听到几个顾客说,这布袋鸡不能再吃了,万一碰到……他们提到了姐夫的名字。就听一个说,他机关养成的毛病,好吃好喝,又脑出血,虽说痊愈了……老憨心里一阵难受。就听一个又说,真得少来这餐馆了,你们注意到没有,他每到饭点,就站在那路口,好像在寻觅一起吃饭的对象,唉,今非昔比了……老憨听至此,一下把炒菜的勺子摔了!

老憨发现,近来生意一日不如一日了,四间房,天天都空两三间。客人多是来买布袋鸡的,不在餐馆吃。同时,老憨也注意到,姐夫经常站在路口,一言不发,一直站着。风中的姐夫明显瘦了,一副痴呆样。

这天晚上,老憨又听到了上次听到的关于姐夫的同样的话。老憨顿感心碎了。看不起姐夫,就是看不起姐姐,看不起姐姐,就是看不起我老憨!就是看不起老憨的布袋鸡!老憨大吼一声,请抓紧吃饭,别噎着了,从明天起就不要来餐馆了,我老憨关门啦!

第二天,老憨餐馆果真没开门。

姐姐知道后,很心疼,说,老憨,何必呢?

老憨气愤地说,姐,这口气,俺咽不下去。布袋鸡可以不卖,我不能叫姐夫难受!俺的布袋鸡可以飞到乡下。我觉得,这城里人的肚量,还没有我的布袋鸡大!

姐姐望望老憨,叹一声,说,你呀,还是那脾气。

很快,乡下的"老憨餐馆"开张了。餐馆开得红红火火,布袋鸡如天女散花,飞得满天都是。当然,老憨没有忘记给姐姐送布袋鸡。每次姐姐都说,你姐夫常问,老憨这布袋鸡,咋比在城里时好吃了呢?看来还是乡下的水甜呀!

老憨听后,咧嘴笑笑,心里感到特别舒坦。

抗旱

村主任沙哑的嗓音,通过大喇叭,在烤人的阳光里叫喊——

各位乡亲,太阳高照,已经四十五天了,滴雨不见,粮要减产。唐宋元明清,没见过这样的天。决不能眼瞅着庄稼苗旱死完,望父老乡亲抓紧抗旱!

听到村主任的广播,石磙老汉跺跺脚,叹息一声,这老天爷!

天恁旱,村主任还是恁幽默。寡妇素颜抿嘴笑笑,不由抬头望望刺眼的太阳,复又回到阴凉的堂屋。

2

妮儿给哥哥打电话。妮儿是石磙老汉的闺女。

哥,咱爹打电话要个马达。

要马达?

说菜园里快旱死完了,得在村里带头浇水。

唉,三分地的菜园,值当吗?

哥,咱爹的脾气你又不是不知道……哥,因为你包地给大娃叔,您爷儿俩别扭到今天,要不是村主任出面给咱爹留了三分地当菜园,咱爹……

这我清楚。你说自古种地有发财的没有,一辈子庄稼老汉……再说,咱俩在市里,咱爹在家还种地……

这不怪你。我也没能给咱爹商量通啊。咱娘老后,爹的脾气更怪了。

我听说爹夜里不在家里睡,睡在菜园了?

嗯,睡一段时间了,我也没敢对你说。

唉……

3

天地间像个蒸笼,鸡鸣狗跳。

一头汗水的村主任出现在石磙老汉家。

村主任,坐吧。

站坐一个样,反正是个热。

全村的大事小事,都得仰仗村主任哩。

没见过这天。老石,抗旱你得带头啊。

嗯,妮儿买了马达。

日他个奶奶,都不愿抗旱! 没粮饿死他个驴熊!

主任你别生气。哎,主任,西南角那块地浇灌了没有,这块肥地可不能旱了啊!

老石,你也看我的笑话?

这块地要旱了呀,我看你村主任是不想活了……

哪壶不开提哪壶哦。村主任弓着腰笑着走了。

西南角那块地是寡妇素颜的玉米田。

4

妮儿的手机响了。是石碾老汉打来的。

妮儿,马达买好了吧。

爹,好了,明儿个给您送去。

妮儿,没给孩儿说吧。爹说的孩儿,是妮儿的哥哥。

没给我哥说。爹,浇水千万别累着您了。另外,注意安全。

好,好。我抗了旱,你回来摘菜啊。爹的菜没农药呀。

5

石碾老汉望着从马达里流出的股股清水,猛地想起了在生产队时用推车抽水的情景——七八个汉子,喊着号子,流着汗,有说有笑……那时多快乐啊。石碾老汉陶醉在甜蜜的回忆里。一只蜜蜂围着老汉嘤嘤地扑来飞去。

蔫头耷脑的菜叶,浇上水,瞬间来了精神,绿意盎然的。

这菜啊,就像个孩子,有奶吃就不闹人了。

石碾老汉抚摸着一片菜叶,望着旷野袅袅蒸腾的热气,自言自语。

6

妮儿的手机响了。是哥哥打来的。

出事了,妮儿! 哥哥的声音很急切。

哥,出啥事了?

你在哪儿呢,我去接你。

我在办公室。到底出啥事了,哥?

村长告诉我,咱爹中电了。

啊?电着了?!

7

输着液的石碌老汉醒来了。

妮儿,我咋在这儿呢?

爹,您吓死我们了!差点把命搭上!妮儿一个劲儿埋怨。

爹,您出院后住俺家,苗苗想姥爷了。

想姥爷就回家,我可不愿困在鸟笼里,都憋闷死了!

菜园没人照顾,荒芜了谁能赔起?那可是爹的牵挂啊。

8

村主任气愤地把三个水泵从井里一一拔出来,喘着气,直骂,奶奶个熊,我叫你乱争,谁也别想得逞!按顺序来,心情都一样,谁也不能看着苗旱死,乱来,只有都死。

在井边等喷灌机的素颜朝村主任看一眼,扭身走了。素颜朝西南方向走去。

村主任没走。村主任抬手指挥,先朝西南方向抽水抗旱,其他暂停!众人愕然。那汩汩的清泉就朝西南方向兴奋地流去。

地旱,人更旱。不知是哪个小子喊了一声,村主任抗旱哩!

井边顿时冒出一片笑声。

那年,村主任的细腰、村主任的瘦腿,在这田地里,素颜一览无余。当然,素颜的肥臀上,那颗靠左的诱人的黑痣,村主任也闭目难忘。

133

9

村主任沙哑的声音,穿透灼人的阳光,在大喇叭上喊叫——

各位乡亲,告诉你们个消息,既有不幸的,还有高兴的。这不幸的是,石碌老汉在菜园浇水,用湿手拔插座,中电了!这高兴的消息,是石碌老汉命大,没啥事了,又能回来种地了!

一分耕耘,一分收获。人勤地不懒,种瓜得瓜,种豆得豆。你哄地皮,地皮哄肚皮。自古如此!

村主任讲毕,擦擦汗。村主任想,素颜听到了吗?

村主任不知道,素颜听后,笑了好久呢。

10

进入农历八月的第二天,素颜儿子给村主任送来了两盒月饼。村主任笑说,还没有节日味呢。大而圆的月饼摆在了村主任面前。圆圆的月饼,咋看咋像素颜的脸。

素颜儿子说,我妈说今秋大旱,我家能大丰收,得谢伯伯呢。

与此同时,妮儿在城里吃上了石碌老爹的无公害蔬菜。当然,哥也吃上了,妮儿给哥送蔬菜时说,要没那马达,谁也别想吃上新鲜蔬菜。只是那马达,险些要了爹的命!

幸福的苦菜花

分田到户那年,生产队里唯一一辆交通工具——自行车(也叫洋车子)落到了杨小耕手里。

杨小耕爹娘之所以破血本给他弄辆自行车,是心里有愧于他。他5岁那年发高烧留下了后遗症,不能说话成了哑巴。杨小耕每次见人骑那自行车,就嘴里流着口水撵好远。当爹娘的就下决心给哑巴儿子置换了这辆自行车。唉,如今杨小耕快30岁的人了,还没有哪个姑娘肯嫁给他,就拿儿子喜爱的东西来补偿吧。

幸福像花儿一样,说开就开。胡庄镇的胡二花,因没能给前夫生育,离婚了。胡二花对媒婆说,我愿意嫁给杨村的杨小耕。媒婆说,他哑巴一个,你图的啥?胡二花说,他不是有辆洋车子吗?媒婆感叹,真出息了你呀!

杨小耕爹娘做梦也没想到,自行车不但给他们的儿子带来了媳妇,也给他们的儿子带来了幸福。

自从胡二花进了杨家的门,杨小耕就不时带着胡二花赶集上店,抓药买盐。他弓腰伸头,奋力蹬车,那自行车"嗖嗖"前行。胡二花抱着他的牛腰,咯咯咯咯的笑声,银铃一样洒了一路。

一头汗水的杨小耕拍拍自行车皮座,支稳停妥,望着胡二花,合不拢嘴。

合不拢嘴的还在后头呢。

很快,自行车大梁上多了个人,是小耕的大儿子。一车拖仨人,还是"嗖嗖"生风。

不久,大梁上又换了人,是杨小耕的小儿子。那大儿子退到车后座上去了。这胡二花自然就没了座位。胡二花就耍小孩子脾气,不给杨小耕擀面条。杨小耕却不生气,好像他不会生气,指着自行车,就抱着胡二花的腰,让她来学骑。胡二花不是真生气,转怒为笑,其实她早就想骑骑自行车了。杨小耕骑车很神气的呀!杨小耕扶住后座,胡二花大脚一蹬,自行车就扭扭捏捏地前行。自行车轮子刚转几圈,她大臀左一掉,腰一扭,车子就不听话了,就朝右边慢慢歪去。胡二花急忙喊,哎哟哟,我的娘,要摔着我了!吓得一只觅食的鸡扑棱着翅膀,逃逸了。喊归喊,自行车却安然无恙,似倒非倒。笨重地歪歪扭扭骑了两丈远,胡二花的大臀又掉到了右边,腰也扭成了麻花,自行车重心偏移,就朝左边缓缓倒去。哎哟哟,我的娘,要摔着我了!她又呼救。旁边正看稀罕的一只狗被吓得夹住尾巴,逃窜了。自行车前轮歪倒了,后轮也离开了地面,车子却稳稳地站住了。胡二花忙一脚踏地,气喘喘地下来。胡二花人胖腔大,早把杨小耕累出了一头大汗。几歪几倒,还险些摔伤了,胡二花就拍拍身上的灰土,心满意足地说,我的娘啊,看着简单,还恁难骑!

杨小耕笑得要岔气了。他望望两个活蹦乱跳的儿子,望望媳妇胡二花,望望灵巧的自行车,从来没有的幸福感涌满心头。他竖着大拇指,意思是说,谁说桐花不生育,没有种子咋发芽呀?

日子久了,自行车经折腾,没皮没样了。杨小耕心疼,边擦拭边用塑料布缠护,还呵斥了调皮的儿子一顿。从此,他须臾不曾离开那自行车,连睡觉也放在床边,自行车如他的影子相随相伴。

杨小耕做活很"钢"性,没白没黑,没早没晚。饭碗一推,就骑车下地做活,好像有使不完的劲,好像是头牛。在他和自行车的不间歇运转下,家里盖起了楼房,两个儿子先后娶了媳妇。一次收秋,他晕倒在了田地里。当他醒来时,已躺在了镇医院。一睁眼,他就找自行车。胡二花就赶回家给他推来,推到他病床前。他呵呵一笑,病就好了,仿佛自行车给他治好了病。

前年冬天,胡二花得了场怪病,撒手西去了。胡二花如秋天里的一朵桐花,倏忽飘落,落入泥土。自行车后座上就再也没有了胡二花肥胖的身影。自打胡二花走后,杨小耕的自行车车把上就多了个鸟笼。笼里是只普通鸟,是他守夜亲手逮的一只鹌鹑。

岁月使杨小耕变成了杨老耕。村人见到的仍是笑着的老耕,推着自行车的老耕。他闲时就出入热闹的棋牌室。但他从不打牌,也没人见过他打牌。

村头简易房里,炊烟袅袅。杨老耕在说话。他在外不说话,瞪着眼只笑,唯有在家时,他才开口说话。土房是他和胡二花的。在给儿子盖好楼房后,他用剩砖残料,花了一个半月时间,在远离儿子的一片空闲地上垒了两间简易房。胡二花走后,他有了对着自行车说话的习惯,对着鹌鹑说话的习惯,啊啊的,也不知说的什么。

村人问杨老耕大儿子,你爹呢?

大儿子答,他陪着那辆破自行车呢。

村人问老耕小儿子,你爹呢?

小儿子答,那辆破自行车陪着他呢。

不孝的龟儿子!

冬日的一个下午，从棋牌室出来的杨老耕回到家门口，却猛地压住了脚步，车把上的鸟笼也猛地一晃。他不由趴在了车座上。

杨老耕的房屋塌了，被冬日里一场凌厉的大风刮塌了。

我娘当时见了他，他哆哆嗦嗦，连车子也推不动了。

见我娘想说什么，杨老耕抬手制止了。他终于长出了口气，摇摇头，指了指村子的西南方向。那里有镇里建的敬老院。

我娘擦擦眼泪。

后来，老耕老汉果然进了敬老院。

那辆自行车，被一下乡搜寻"猎物"的博物馆的人发现，放进了博物馆。我娘说，当时博物馆的人见了那辆自行车，俩眼放光，直拍手，好像顽童见了他心爱的玩具。那人当即掏出一沓钱。

我娘说，你耕大伯流着泪，握住车把，好久没松手。那是陪了他一辈子的伙计呀！

后来，那钱杨老耕捐给了敬老院。县里记者来采访他，他哇哇啊啊地笑着说了一通话。

记者很是感动。记者没料到，眼前站着的竟是个哑巴，是个从小就不能说话的哑巴。幸亏记者懂哑语。记者问他，你为啥不把钱给你儿子、孙子啊？

他笑答，我这一辈子都过来了，他们有胳膊有腿，有眼睛有嘴，就不能自立吗？

正说话间，有一个老汉从跑风的嘴里高声喊，快点，耕哥，斗地主吧。

方向

那年冬天,连下了三天三夜的鹅毛大雪,遍地银装素裹。

一天傍晚,向任庄开进两支人马。

一支人数较少,四五十人,停歇在了北任庄;另一支大概百十人,歇息在了南任庄。

住在北任庄的这群人,如落雪一样,无声无息,寻了几间民房,就歇下了。

那是战乱的年月,村民自然不敢乱走动,天落黑就封门闭户了。

任大民老汉比谁都愁,坐卧不安。作为北村的组长,万一谁家有个好歹,他有天大的责任。

但隔窗仔细听,外面除了三两声狗吠鸡鸣,并无什么大的动静。倒是到了后半夜,却能分辨出轻轻的"咯吱咯吱"的走路声和"呼啦呼啦"的扫地声。

更令人紧张的是那"呼啦"声愈来愈近,竟来到大民老汉的院子里。

任老汉手攥菜刀,随时准备冲出去,杀一是一,杀二是二。

待鸡叫最后一遍时,任老汉再也坐不住了。他缓缓打开门,向外探身。啊,眼前的情景着实让老汉惊愕:

院子里的积雪被打扫得一干二

净!

空荡荡的大街也扫出了一条净路。

激动不已的他正欲回去把这一消息告诉老伴儿，忽然听到背后一个低低的声音传来："大爷。"

任老汉吓了一跳，转身一看，是位个头不高的小青年，他唰地敬了个标准的军礼。

原来，是问路的。

任老汉不便多问，就指了一条最便捷的路。

那青年转身跑步走了，轻悄悄的。

任老汉万分激动喜悦，一股说不出的力量促使他尽快把这一消息告知南任庄的任大海。大海是南任庄的组长。

刚走到河边，他就望见有人正匆匆赶来。是大海。

任老汉却分明发现大海满脸惊恐不安。

"有事?"大民老汉预感到了什么。

任大海便把住在南任庄的那支人马昨夜偷鸡摸狗滋事生非的事讲了一遍。

"人，走了没有?"大民老汉问。

"走了，说是追赶一路匪军。"

"朝哪儿走了?"大民老汉急问。

大海叹了一声，说："我气坏了，恨不得剐了他们，就随手给他娘的指了那条弯路。"

"匪军!"大民老汉这才出了口气。

大民老汉知晓，那条弯路与他指的那条路不是一个方向。

大民老汉忽地想起，在几年前的那个干冷的冬天的一天中午，也是大雪纷飞，满世界银白。在村东头，他做梦似的发现两个日本兵，边啃着手里拿着的东西，边东张西望着向村里走来。

大民老汉急转身欲躲开，却被两个鬼子发现了，嗷嗷叫嚷着撑了过来。大民老汉惊魂未定,两个有气无力的鬼子就站在了他的跟前。

大民老汉发现一个鬼子手里拿着的竟是一团雪球,原来鬼子饿得啃起了雪球!大民老汉顿时明白这是两个迷路掉队的鬼子。大民老汉望着两个叽里咕噜急迫的鬼子,心里有了底气。原来他们大雪中走迷了路。

大民老汉略一沉思,就佯装亲切地朝西去的方向指去,又肯定地朝两个鬼子点点头,以消除鬼子的疑虑。

一个鬼子半信半疑地望望大民老汉,一个鬼子有些感激地拍了拍大民老汉的肩膀。大民老汉感到拍他肩膀的鬼子的手绵软无力,已十分虚弱。大民老汉望着摇摇晃晃、深一脚浅一脚的两个鬼子渐渐远离,这才扭头朝村里赶去。

厚厚的积雪中,大民老汉步子迈得很有力,又很急促。他要告诉村里的老少爷们,他遇到了两个逃亡的日本鬼子,这两个日本兵饿得吃起了雪球,因迷了路,狼狈逃窜了。他还要自信地告诉村里人,这两个鬼子应死在他大民手里!

很快,传来了两个日本兵因迷路被冻死在雪地里的消息。

大民老汉闻听后,露出了英雄一般的笑声。大民老汉得意地说,奶奶的,我给那俩鬼子指的是条去西天的路!那条路的方向,是人烟稀少的大草原……

暖冬

忙死八月,闲死腊月。

就在那个闲冬,我重新认识了丝瓜哥。也是在那个闲冬,医治我娘的病有了指望。

一切都在偶然中发生。

一大早,呼啸的北风中,丝瓜孑然一人行走在空旷的官道上。

官道旁丛生的杂草和一望无际的麦苗都披上了一层薄薄的冬霜,远处光秃秃的梧桐树和丝瓜的眉毛、头发上也挂了一层白茸茸的霜雪。

丝瓜怀揣着一年的收成,向村南打面房的方向走去。

丝瓜又要赌一把了。

每到闲冬,丝瓜都要下一次赌注。丝瓜的赌,是豪赌,把庄户人一年的收成全砸上。难怪有人说,丝瓜要有老婆、孩子,他敢连老婆、孩子也押上。

丝瓜已赌了八九个闲冬。丝瓜因大赌,又屡赌屡输,至今还没有女人跟他成家。这都成了街谈巷议的话题。虽如此,还没有人瞧不起丝瓜,还有人早晚送给丝瓜一碗酱豆或芝麻盐什么的,因为从没有谁见过丝瓜偷拿抢盗。

丝瓜一头扎进久违的打面房边的一间土坯草房。就是这间乌烟瘴气的草房,夺走了丝瓜八九年的收成。

那空着的位置好像在专等着丝瓜的到来。

丝瓜仔细地拍打胸前和头上的霜雪,又跺跺脚上的泥土,缓缓将黑棉袄脱下,随手扔到墙角,一屁股坐在了空着的马扎上。

嘈杂纷乱霎时烟消云散。

看热闹的和参赌的都不约而同倒吸了一口凉气:乖乖儿,丝瓜身穿蓝西服,打着红领带,脚蹬新皮鞋。这孬种莫非发财了?

丝瓜镇定自若,扭头望一望西墙上的一个大圆洞。凄凉的寒风不时从洞口斜溜进来。丝瓜从洞口望见不远处自家的麦田。在耕田种麦时,丝瓜都不大敢注视这间茅草屋。丝瓜在这儿失魂落魄、人不人鬼不鬼了八九年,栽的可是大跟头啊!

丝瓜晃了下脑袋,又捏了一下大腿。

丝瓜缓缓从西服口袋里掏出一沓钞票,轻轻放在胸前的大案板上,又缓缓摸出一包刚开口的香烟,给看牌的一人一支,然后自己燃上,猛吸一口,吐出浓浓的蓝烟,蓝烟在大伙的注视下飞旋着变成了一个个美丽虚幻的烟圈,袅袅上升。

这时,丝瓜伸手抓起牙白的色子,熟练地握在手心。丝瓜望着案板上一圈厚厚的赌注,旁若无人地朝手心里吐了两口干唾沫。那色子就在丝瓜的手心里"呼啦呼啦"地旋转起来……

"哎呀,我的麦!"丝瓜望着西墙上的洞口一声惊呼,撑起发麻的双腿,夺门而跑。

大伙忙从西墙上的洞口望去,只见一头黑母猪正领着一群猪崽啃吃丝瓜的麦苗。这麦苗,是丝瓜用铁锹种上的,他手上磨出了好多血泡。丝瓜输得连租机械种田的钱也没有了。

丝瓜弯腰捡起一块半截砖头,一路号叫着奔向那群该死的猪。

那群猪被丝瓜的突袭吓得四处逃窜。

最终,丝瓜追着那头大母猪跑出了大家的视线。那头母猪是我爹精心喂养的,是我家的一个宝呢。

这头猪能准时地下猪崽,也就是能准时地给我爹下钱,让我爹准时地买名贵的药,医治我娘积劳成疾的病。

我家跟丝瓜一样穷得叮当响。田里的收成和我爹挣的钱都让我娘的黑药罐子熬跑了。

看到丝瓜哥浑身冒热气,喘得上气不接下气,再看到那头同样上气不接下气的母猪嘴上绿油油的,我爹明白了是咋回事,就忙上前赔不是。

这时,丝瓜的举动着实让我爹吓了一大跳。

丝瓜"扑通"一声朝那头母猪跪下,而且连磕了三个响头!

丝瓜面无表情,呆呆地站起,一言不发,转身沉重地挪了几步,又回头痴痴地看了我爹一眼,停下,稍作犹豫,伸手从怀里摸出个东西,扔到我爹脚下,就头也不回地走了。

我爹糊里糊涂地捡起脚下的东西,揉揉眼睛,不禁失声道:"我的娘啊!"我发现我爹手里拿着的是一沓整齐的钞票。

这一刻,我看到我爹嘴里不断地喘息着长长的白气,清鼻涕耷拉好长好长……

那年闲冬,丝瓜哥赢了四间大瓦房,又赢了个漂亮的黄花大闺女。

因能及时吃到药,我娘的气色也明显好了起来。我娘常挂在嘴边的一句话是:这辈子不能忘了你丝瓜哥。我娘说这话时,一准盯着那头黑母猪幸福地看个不够。

我爹不无自豪地说,要没有咱家的那头母猪,丝瓜赢了那么多钱,又咋脱身呢?

来年冬天,我一直没见上丝瓜哥。我爹说,你丝瓜哥收罢秋、种上麦,就去南方打工了。

144

寒冬

在这个干冷干冷的牛尾村的冬季,接连突发了几件事,寒透了牛玉柱的心。事后,玉柱就躲到在天津工作的儿子那儿去了,大年初一也没回来。这自然是后话。

玉柱是牛尾村支部书记,小七十的人了。按说该退下来,可村级班子换届没那么正规,加上玉柱的工作踏实,乡里也满意。哪个年代人的思想是电熨斗熨出来的,总不那么活便,这当支书的就得罪了不少人。玉柱也能感觉到,有时也很无奈,工作不干又不行,这咋办呢?

玉柱是老私塾出身,不喝酒不吸烟,就好读书看报。也许是知识多了,学问深了,也可能是年岁大了,他一有空闲就好在村里的大喇叭里絮叨,宣讲农业小知识还不算,有时对看不惯的年轻人的举动也不留情面地指责。有次秋收期间,他看到一些年轻人偷懒耍滑,就在大喇叭上吆喝:"金七月,银八月,你不抓住今年收成啥?抓生产要抓到点子上,光睡大头觉生产咋搞上去?"

这话不知刺痛了谁,就有人趁天黑把村里的喇叭线给铰断了。玉柱对着失声的话筒,摇摇头,叹了一声。

刚进入十一月，一件更大的事让玉柱惊呆了，他自留地里的几十棵桐树全被刮了皮！玉柱心疼得眼里噙着泪，不住地拍打正茁壮生长的桐树。这树招谁惹谁了呢？他跺跺脚，对天长叹一声。他独自一人蹲在干冷的地里，半晌没有作声。

玉柱清楚是上次收计划生育超生款又得罪人了。

正吃冬至的饺子，外面忽然传来"救火"的喊声。玉柱饭碗一推，当即拎着水桶奔跑出去。

一看，玉柱傻了，是自家的麦秸垛着火了。

这又是蓄谋已久的事。玉柱摆摆手，让救火的人群散去。玉柱就一直站着看那麦秸垛慢慢燃成一堆灰烬。玉柱痛心地看着灰烬随风扬起，飞得满地都是。

几天也没见玉柱出门。

后来，玉柱把猪、羊都卖了，把辞职申请交到乡里，就去了天津。

不久，乡里派工作组到牛尾村选举新的支部书记。

我哥听说后，要参选。我爹坚决不同意，还指责说："你昏了头了，你没长眼看看玉柱的下场吗？"

支书很快选出来了，是刚从部队退伍的牛大豆。

在就职会议上，大豆说出的一条消息让村人震惊了：玉柱自愿辞去支书职务，还把自己的一部分工资捐给村小学，扶持贫困学生。

在豫东一带，有个习俗，吃了大年初一早上的饺子，都三五成群走家串户拜年问好。当大家串到玉柱家时，才发现玉柱没有回来，大门紧锁着，连年画儿也没贴。大伙儿的心情一下低落了许多，就都不再吵吵什么了。

很快，闲冬过去了，年味儿也远了。抬头一望，柳树也发芽了。

河水（那个）甜哟

河沟（那个）长

河沟沟长那大肥羊……

羊魂

这是流传在我们家乡那一带的几句民谣。

河，是指惠济河，是滋养我们的母亲河。河水清澈，常年缓流不断。因有了河水的润泽，河两岸的庄稼长势都特别喜人，郁郁葱葱，每年都是好收成。那湿润的河坡也生长出大片大片茂密的青草和参差不齐的野蒿。自然，那里成了庄户人家牧羊得天独厚的好去处。

河畔的陈庄家家户户都养了羊，少的一两只，多的三四只，大都精精神神，膘肥体壮。三五成群雪白的羊散落在青青的河坡上，把小河点缀得异常美丽动人。加之羊倌陈二小的一声声脆响的鞭声和舒缓的口哨，大有西北茫茫草原的韵味……草枯叶落时，长大的肥羊就换回不少口粮；那幼小的羊羔留下，用那散发着缕缕细甜气息的干草精心喂养……

人们自然感激那灵秀的小河。

然而，好景不长，人们担心害怕的事情终于来了。

昨日,往外贩运羊的陈小林捎信回来:小鬼子来了!在三十里外的毛家庄还设立了据点呢。毛家庄是惠济河畔的一个小村子。

很快,又传来了小鬼子杀人放火的可怕消息。还说什么东洋人忌讳"大青",就使出恶毒的招数,见一粒羊粪蛋,杀一个人,以此来报复河畔养羊的中国人。

望着温驯、可爱、无辜的羊,村人心惊肉跳,不知所措……

一豆灯光惶恐地摇曳着,土屋里蹲满一明一暗抽旱烟的人。咳嗽声,叹气声,心跳声……

"我看,"德高望重的陈六爷终于发话了,每遇难事,六爷总有办法,"这场灾难,是在劫难逃了,我们陈庄祖祖辈辈喝惠济河的水,总不能不长骨头吧。大家商量个法子,我老六领着大家与鬼子干,大不了鱼死网破!不能这么悲观……"

六爷不愧为惠济河水养大的硬汉子。大家感动了,就抖起精神,来了劲头,叽叽喳喳议论开了……

直到往灯里续第三次油,有人发现屋外已亮时,六爷才最终敲定了一个对付小鬼子的办法……

果然鬼子朝陈庄逼来了。

羊倌陈二小像往常一样,吹着舒缓的口哨,甩着脆响的羊鞭,不紧不慢带着一群羊朝惠济河畔赶去。

迎面而来的是十几个荷枪实弹的鬼子!

二小持鞭的手不禁有些抖,腿直抽筋。可那群羊却丝毫不肯减速,天不怕地不怕似的。二小硬着头皮迈着哆嗦不已的腿。

二小连喊"太君、太君"。

见惊恐万状的二小一副灰不溜丢的滑稽相,一个小鬼子就上来戏弄他。二小一慌,一屁股跌坐在地上。狼狈的二小惹得鬼子们一阵狂笑,直笑得前面七八只领头羊也有些愣怔、愕然了。

小鬼子似察觉出异样,可还没弄明白咋回事,便被持刀的"羊"搂腿掀翻在了地上。

一场罕见的短兵相接的肉搏战在惠济河畔展开了。

领头的七八只羊见状早已逃之夭夭……

最终,十几个鬼子全呻吟着上了西天,陈庄的汉子个个挂了彩。

突然,鼻子正流血的二小大声喊:"快扶住六爷!"

六爷在大家血红的眼睛里站起又倒下了。

原来,六爷胸口右上方挨了鬼子一刺刀,血流如注。

匆匆赶来的众妇女急忙给六爷包扎伤口。

六爷苦笑着说:"这顿羊肉没白吃,这碗酒没白喝……"

看着横七竖八血淋淋躺着的鬼子,一妇女激动地说:"亏你们老爷们想出这点子,披着羊皮,趁着酒劲,打羊战……"

西边的天空红彤彤一片时,战场被打扫干净了。

回到村里,躺在担架上的六爷已昏迷了过去……

后来,惠济河畔就流传了这场不寻常的"羊战",还有人编了顺口溜:

六爷拍板定羊战,

二小斗胆把羊赶。

大羊小羊齐上阵,

鬼子糊涂上西天!

六爷不顾年迈亲临沙场险些牺牲的英勇故事,很快传开了,惠济河畔的抗日烽火也熊熊燃了起来……

网

天不亮，程老汉就起床外出。老伴儿很稀奇。程老汉一辈子好睡懒觉。

傍晚，程老汉仍迟迟未归。老伴儿很纳闷。程老汉做活是快刀斩乱麻，最烦熬晌。

连着数日，程老汉都是如此。老伴儿就咕哝，死老头子有病啦！

程老汉只好老实交代，他不怕待在家，是怕那扎眼的电话。

电话是市里上班的儿子装的。儿子说，有电话方便。初装时，一天能接到儿子好几个电话。程老汉和老伴儿看见电话如同看见了儿子。老伴儿有空就去擦拭话机。

可近来，儿子的电话少了，几天还不打一个，老伴儿很心急，像少些啥。

终于盼来了儿子的电话。儿子就对程老汉道出了心中的苦："老爹，这辈子我也没啥前途了。"

程老汉拿着话筒愣在那儿。

老伴儿很着急，手足无措。程老汉摆摆手说："没啥事，儿子想进步，好事哩。"

儿子毕竟是有学问之人，很快又打来电话："老爹，没啥事，你把咱家的绿豆、红薯，还有芝麻，抽空送些来。"

程老汉笑了,这才是我儿子,啥事都要想开些。

程老汉一连送了几趟。

不久,电话又哑了几天。老伴儿又急了,程老汉感觉儿子又不对头了。

这天晚饭后,电话猛然响了:"老爹,你别再送那土特产了,人家都吃腻歪了。"

"别急,我再想些法子。"程老汉回话说。

于是,就出现了开头那一幕。

通过考察,程老汉决定购置一张大网,在自留田地里张网捕鸟。

吃飞鸟,鲜物,无污染,高营养。程老汉的"创意"让儿子高兴得在电话里直唱。

不几天,程老汉就搭车到市里给儿子送去两只黄不溜丢、叽叽喳喳乱叫的鸟。来去匆匆,程老汉回到家一气喝了两大碗白开水。

"配上高级鸟笼,人家可满意啦!"儿子在电话里直夸。儿子还说,那是对黄鹂,他们那儿很少见的。

程老汉自言自语道:"是我儿有福咧,你等我逮更好的。"

后来,程老汉果然又送去了十几只花里胡哨的鸟儿。

不觉冬天到了,网鸟就难了,经常网些普通的麻雀之类的鸟,拿不出手的。

程老汉就裹着大棉袄在网下等。

这天,果然守住了只好鸟,浑身乌黑,小眼贼亮,挺精神的。说是乌鸦,又不是乌鸦,这是啥鸟呢?程老汉一时想不出名字来。

回到家,刚好电话响。程老汉忙拿起电话:"娃啊,又逮了只乌黑发亮的,也不知叫啥名,明儿赶早送去。"电话那端没有声音。好一会儿,儿子才说:"老爹,别送了,要鸟的人犯事了。"

晦气!程老汉一下将那只拴着腿的黑鸟扔出门外。

第二天,儿子回来了。

儿子拿着那只黑鸟,抚摸着说:"老爹,这叫乌冬,很通人性的。爹,你就留着养吧。"说着儿子就走进自留田,站在了那张网下。

儿子望着高高的、若有若无的大网,不停地抚摸着乌冬光亮的羽毛。

牛要强的春和秋

冬至前的一天,太阳孤零零地高悬在牛尾村的天空,温热的光芒咋也挡不住凄厉的朔风带来的寒流。这天中午,牛要强永远地离开了他生息了58个春秋的牛尾村。

冬日的牛尾村伴着牛要强的死亡,到处充斥着恐怖的寒气。

一时间,关于牛要强的话题就成了牛尾村街谈巷议的内容。

牛要强的死,村人早有预料。这半年多来,他脸色铁青,双眼凹陷,咳嗽不止,无精打采,早显出了一副老相,真乃少为天仙老为猴。在牛要强临终前,村人都推测议论牛要强死后可能发生的一些事情。

会发生啥事情呢?

牛要强的儿子牛兰甲悲号不止,声震村野,后来,那哭声渐渐变成了嘶哑的啜泣,连泪水也流不下来了。在这生离死别的哭泣声里,唯独少了牛要强的女儿牛兰草的声音。

牛要强养有两个孩子,一个儿子,一个女儿。牛要强的同岁人,多是三四个孩子,负担很重。牛要强孩子虽少,可他的负担一点儿也不比孩子多的轻。

从小看大,三岁知老。牛要强在

刚会坐、才会爬时，就显现出了他争强好胜的禀性。吃大伙饭那年，牛要强的母亲从伙上领的火柴盒大小的黑饼饼还没吃到嘴里，不到两岁的牛要强就一口吞了大半块，噎得直伸脖子，两眼还盯着他母亲手里的那块。读小学时，因总考不了第一，便一气之下再也不进学堂了。分田到户后，村里收麦总是他第一个下镰。除夕夜燃放鞭炮，他是头一家。有一年，他家的棉花收成不好，竟气得病了一场。后来，他城里的一个亲戚的亲戚，给他指了个出路，找了个临时工，他执意不去，说，要干就干正式的。

这就是牛要强，侍弄了一辈子土地的庄稼人。

说牛要强的负担重，是因供儿子牛兰甲读书上学。牛兰甲一点儿不仿他爹，一点儿也不争强好胜。可牛要强争强好胜，让牛兰甲一口气考了八年，才考上大学。这"八年抗战"，确是耗尽了牛要强的积蓄，伤了他的元气。虽如此，牛要强仍兴奋得合不拢嘴，还逢人便讲。

伤他元气的，还有他女儿牛兰草。兰草念书，越念越糊涂，只勉强读了个初中。兰草虽是个女娃，可牛要强很恼她不争气。牛要强是要争气的，于是，他不惜代价，托城里的亲戚的亲戚，帮兰草在城里找了个活干。牛要强说，只要跳出农门，就是好样的，就能高人一等。当时牛要强很为自己的能耐沾沾自喜。牛要强认为，自己没有作为了，可孩子不能没有作为啊。

不久，出现了意外。这意外着实让牛要强蔫了，最终也垮了。牛兰草在城里不到两年，就跟城里一个已有家室的男人好上了，且怀上了孩子。

为此，牛要强几天没进茶水。当时，在牛要强眼里，天昏了，地暗了，水也变色了。这咋叫牛要强在村里抛头露面呢？树要皮，人讲脸啊！村人好一阵子没见牛要强昂扬的身影，也没听到牛要强逞能的喊声。从此，牛要强心中没有了这个丢人现眼的女儿,不许提她的事,更不允许她回村进家,否则,一定照死里打,最少也得打断她的腿!

在昏黄无奈的日子里,牛要强病倒了。儿子虽考取了大学,闺女却做出了丢人现眼的事情,一悲一喜,悲大于喜,谁不叫牛要强倒下也不行。

牛要强病倒后再也没起来,其间也未见兰草回来探望。听说,兰草曾趁天黑带着牛奶、蜂蜜等营养品偷偷回来过,牛要强却把东西扔进粪坑,还拿药罐子连砸带骂,硬把兰草撵出了家门。

大家猜定牛要强在世时日不多后,就关注起了牛要强的最后一个戏剧性片段:会给城里的牛兰草报丧送信吗?兰草还有脸面回来不?

牛要强驾鹤西去后,正读大学的牛兰甲责无旁贷地担起了料理后事的重任,他决计慎重处理此事,他想给妹妹兰草一个机会,也是与爹沟通的最后机会。

牛兰甲三步一叩头地请来牛尾村德高望重的九爷。九爷胡子、眉毛甚至睫毛都是花白的,可身体还硬朗,耳不聋,眼不花。

兰甲蹲在九爷眼前,低声说:"我爹对兰草一直没松口。"

"当时你爹非让兰草进城,"九爷说,"不承想,惹出这等窝囊事。"

"九爷,您看这事……"

"伤风败俗!"九爷提高了嗓音,眉头紧蹙,"我看你爹做得对!"

兰甲一怔,然后又呆呆地点点头。兰甲感到有泪水从干涩的眼里滚出。

望着九爷微驼的背影,牛兰甲的悔意顿时涌上心头。

不久，出现在村道上的长长的白色送葬队伍里，果然没有牛兰草的影子。

俺也给羊喂把草

六月的阳光就是毒辣,刺得刘一珠直揉眼睛。揉着揉着,就揉得长城一样码着的灰砖忽上忽下晃荡了起来,揉得那片绿油油的菜园忽上忽下晃荡了起来,揉得一大圈黑的白的羊也忽上忽下晃荡了起来。

"小珠,咋样?比不得学堂吧?来,送你副眼镜,接着!"一副墨镜从车窗里,兴奋地穿透阳光,沿着抛物线就飞落到了刘一珠的手里。车里坐着的不是外人,是这个新材料砖厂的闫总。闫总是刘一珠爸爸的战友。刘一珠边说谢谢闫叔叔,边擦把额头上的汗。刘一珠汗没擦净,闫总就没了踪影。

"今儿我们吃凉面条。"窦师傅肩披湿毛巾,走出厨房,笑着给刘一珠打招呼,"一珠,准备上北大还是清华呀?"

"窦伯伯,我考不了恁好的。"刘一珠不好意思地笑着,朝厨房前嘈杂的羊圈走去。

刚高考过,学生刘一珠主动要求来厂里锻炼。闫总自然给他安排的都是轻松一些的活,如记个账、查个人数、通知个事情什么的。

时间不长,刘一珠体会到,走出校园,外面的风景就是不一样。轰隆隆

157

的生产线和一手抓四五个馍边吃边斗嘴的工人,热闹的厨房和肥胖的窦师傅,菜园和羊圈,狼狗和羊的叫声,还有腰带束到肚脐眼下面的闫总。

闫总很少到厂里,但只要他一回厂里,就有几辆小车跟着。刘一珠看到,几个领导模样的人站在羊圈外,兴奋地指指点点。很快,就有羊的哀叫声传来——一只羊被杀了。窦师傅双手鲜血淋漓,蓝围裙上还喷有散乱的血迹。

突然,一个念头闪在刘一珠眼前,来这里一段时间了,自己可一次也没尝过羊鲜呀。

还是笑吟吟的窦师傅实在,他边清洗冒着热气的红白相间的羊肉,边说:"这羊肉呀,出力的不吃,吃的不出力。"刘一珠不大懂,仍盯着窦师傅。窦师傅就意味深长地说:"这羊是厂里的羊,自然要为厂里服务。老总靠它们协调关系呢。"说着,抬起湿漉漉的右手朝羊圈指了指,又说:"领导吃了羊肉,好些事情就顺当了。"

刘一珠不禁"哦"了一声。

窦师傅似打开了话匣子,继续说,羊肉一斤抵猪肉好几斤,叫工人吃,那不是脑子进水了吗?刘一珠望着羊圈里默默吃草的几十只黑的白的羊,心里既为闫总有思路而骄傲,又为大头小汗的工人师傅感到抱屈。

这羊谁喂养呢?

"有专门饲养员,跟其他工人一样发工资。"窦师傅边低头清洗龇牙咧嘴的羊头,边搭话,"羊身上都是好菜,光羊头就能弄出好几样下酒菜,羊头肉、羊脑、羊舌头,更别提那羊外腰、羊鞭啦。他们吃得可欢了。"

这出力流汗的工人师傅多需要羊肉补充营养呀!

"偌大个厂,这帮工人除了能运砖、装砖外,其他的也办不了什么呀！"窦师傅笑着说，"等一珠有出息了，他们肯定能吃上羊肉的。"

吃饭时，刘一珠发现，工人个个端着饭碗，远远地望着羊圈，谁也不愿前去丢把草，有时这些羊"咩咩"直叫，也没人肯去喂碗水。

刘一珠就把实情告诉了闫总，还问，闫叔叔，羊肉不让工人师傅吃，那羊肉汤也不能喝一碗吗？闫总没料到小珠恁有心思，点燃根香烟，笑着说："好，小珠的建议有道理，下次每人一碗羊肉汤。"

建议得到首肯，刘一珠感到少有的畅快。

大概有一段时间了，刘一珠发现，窦师傅再也没杀羊了。"闫总不回来，羊可不是乱杀的。"窦师傅一本正经地说。

这天终于逮住了闫叔叔。

下车后，闫总递给迎上来的刘一珠一瓶纯净水。闫总抚摸着刘一珠的肩膀，爱怜地问："小珠，累不累呀？那羊肉汤咋样？"

"累啥，厂里生活可有意义啦！"刘一珠高兴地说，"羊肉汤泡馍，吃得工人们干活更带劲了。"

"我决定，羊圈里的那些羊，定期杀一只，来改善工人们的生活。"

"啥？羊肉那么贵……"

"唉！"闫总晃晃大肚腩，叹一声，"上边要求严了，他们不敢来厂里吃了。"

"也好，不吃不腐败！"刘一珠大人一样说，"我看这羊应该叫工人们多吃。"

"小鬼！"闫总笑了一声，又舒缓地说，"厂里全靠工人支撑的，亏谁也不能亏了他们。扪心自问，以前我做得是有些过分了。"

"好啊,我这就告诉他们去!"刘一珠说着,一溜烟跑了。

窦师傅大显身手,一只大黑羊鲜美的羊腥味迅疾逃逸出厨房,钻进工人们的鼻孔。瞬间,一阵阵吸鼻翼的响声风一样在厂房里刮起来了。

到了吃饭时间,刘一珠意外地发现,一个穿白背心的工人左手端着碗,右手拿把青草,径直走到羊圈前,把青草丢下,才恋恋不舍地去厨房。

接着,刘一珠惊讶地看到,陆陆续续走过来吃饭的几十号男女工人,每人都是一手端着饭碗,一手拿着把青草,依次到羊圈边,望望昂着头的羊,像天女散花一样撒下青草。然后,意犹未尽地再去厨房打饭。

"你们能吃上羊肉,多亏了小珠。"窦师傅的话从热气腾腾的厨房里传来,"我相信,这孩子会有出息的。"

俺也给羊喂把草!刘一珠找片青草地,唰唰拔下几把,扭身穿过正午热辣辣的阳光,朝羊圈迈去。

站在窗前,闫总无意中目睹了这一幕。那一刻,他感到他的小厂从没有这么开阔,这么宏大。猛然间,他又感到他的眼睛好像一下子飞进了许多小虫,一阵阵发起酸来。

这时,飘过来一声底气十足的羊的叫声,"咩——"

挂历上的数字

一个振奋人心的消息,在酷暑的热风中,一浪高过一浪地传播,连县电视台也当成头条播出。十年后,偏僻的小县城又出了个清华大学生!要知道,上清华,考北大,县政府都纳入了政府年度工作目标。越偏僻,越贫穷,人才越弥足珍贵,县长听了教育局局长汇报后,笑吟吟地说,好啊,十年磨一剑!教育局局长说,这个学生叫方伟,是个留守孩子,跟着他奶奶生活。啊?县长很意外,思忖道,这么多吃不愁穿不愁的城里学生,都没考上,他……教育局局长忙说,嗯,我觉得这孩子肯定有不同于他人的地方,我这就安排人调研一下。县长说,好好总结,多出人才!

于是,我接到了这个调研任务。

在一高校长的陪同下,我来到了城郊的一个小区。我打眼一望这个小区,既没有绿化,也没有停车位,就判断这应是目前县城最次的生活小区了。学生方伟就住在这个小区的一个单元里。

盛夏的阳光就是毒辣,从车上到方伟家,不足 50 米,我们的 T 恤衫很快就湿透了。敲开门,果然是方伟奶奶在家。屋里比外面还闷热,原来没开空调。我扫视一周，也没发现有空调。这时，奶奶打开了吊扇。吊扇呼呼地旋转了起来。风虽然是热风，可也感到了风吹的爽意。奶奶看到我俩热得那狼狈样，不好意思地笑着说，习惯了，也没感到热多很。我分明看到，她充满皱纹的脸上细汗一层，一旁的旧式黄布沙发上，放着一把蒲扇。我心里说，这么个小居室，安装台 1.5 匹的空调就足够了。

我问奶奶高寿。奶奶笑说，啥高寿？过了年虚岁就七十了！

真不像！我和校长异口同声道。老奶奶精神矍铄，面色红润，腰板硬朗。

奶奶弄明白我们的来意后，说，方伟这孩子出去找同学去了。说完望望校长，又看看我，不再言语，从沙发上站起来，转身进了里屋。

我和校长面面相觑，感到莫名其妙。吊扇仍呼呼地傻转着。

奶奶拿出了一个有些发黄的纸筒。奶奶拍拍纸筒说，要说对孩子的教育，实话实说，我觉着就在这里了。解开系绳，原来是七八份大张挂历。

奶奶说，这是我和孙子方伟进城后每年的挂历，我都还留着。

我猛然发现，挂历的每月甚至每日的数字上边和下边，几乎都有手写的歪歪扭扭的数字，颜色不同，有铅笔写的，有钢笔写的。

我很惊讶，问，这是咋回事呀，写那么多数字？

奶奶笑着抽出一张，盯了一会儿，说，这张鸡年挂历，是方伟从乡下转学到二实小，读四年级那一年的。上边的这一天一天的手写数字，是我开三轮车每天挣的钱数，你看这天 46 块，下边这天 29 块，还有 13 块的。奶奶说着说着幸福地笑了。他爸妈不在家，我伺候孙子，也就是做饭洗衣，闲得慌，就干起了三轮车的活路，挣个买菜的钱吧。

啊哦,奶奶真有心!

奶奶接着说,下边这稀稀落落的手写数字,是孙子的学习成绩。他写他的,我记我的。你看四月的这天他考了 83 分,五月的这天,96 分,进步了;也有退步的时候,你看这天的就 73 分,我记得那几天方伟感冒了。

奶奶向上推推圆圆的老花镜,一张一张的都让我们耐心过过目。她展示的,宛如她心爱的宝贝。上边的数字几乎天天有,也有空白的。奶奶说,那天肯定有脱不开身的事,要不就是头疼脑热了。下边的数字稀少些,那是因为考试次数毕竟少。看着看着,我恍然觉得,那上边的一溜数字,仿佛朝着下边的几个数字招手呢;那下边的数字探头探脑,调皮地说,哼,看我怎么超过你!

这时,奶奶抬手指指南墙壁,说,这是今年的挂历。上边就这几天有我的数字,其他都没了,年龄大了,开不了三轮车了。下边这些都是方伟的,他养成了习惯,每次考试罢,就往上边记成绩,还时常前后比比,好像知道了咋努力。

奶奶突然提高声音说,你俩再看看,我和孙子的这些数字,有啥变化没有?

逐一审视摊开的不同颜色的挂历,果然发现了一个明显的变化。那就是奶奶的数字越来越小,小到 5 了;而孙子的数字越来越大了,都大到 269 了。

奶奶有些兴奋地说,这个孬孙,口口声声跟我竞赛,呵呵,终于把我这老婆子竞赛老喽!

好一个挂历上的数字竞赛!

我不禁握住奶奶肉少皮多的手,心脏咚咚直跳,竟一句话也说不上来了。一股向上的力量一阵阵地冲击我的心扉。

校长也趋步上前,一下握住了奶奶的另一只手。

光明的搓背者

周六带儿子上澡堂,成了我进入冬季的必修课。

儿子已读高中,两周一休息,时间紧张得很。古时有头悬梁锥刺股,三更灯火五更鸡,我看现在跟那时也差不了多少。儿子回到家,每次都是没睡醒的样子,脸色如刚上市的韭黄。

我望着蓬头垢面的孩子,不免心疼,说,儿子,要学会劳逸结合,我带你冲冲澡,换换心情。儿子嘟嘟囔囔地说,爸,还有作业呢。我安慰道,磨刀不误砍柴工。

进入水雾蒙蒙的澡堂,儿子有些害羞,故意避开我。遮羞衣脱掉后,个个赤身裸体的。就服务生和搓澡工穿着黄裤头来回穿梭。我记得儿子读小学时,夏日里我在家里卫生间冲澡,不愿与他一块。儿子却一头钻进浴室,说,同为男人,有啥呢!我真欣赏那时儿子的天真无邪。

学生时间金贵,冲冲泡泡,我就叫儿子搓背。给儿子搓背的这个人穿着件白背心。我嘱咐他,学生,几周没洗了,好好搓搓。白背心看看瘦高的儿子,笑说,念高中了吧。高一了,儿子随口答道。呵呵,跟我儿子一般大。白背心顿时来了精神。

我也躺下搓背。一个脖子挂了根粗黄金项链的胖子给我搓。我想，项链多半不真，要是真的，干这活也亏了。

那个白背心兴致勃勃地与儿子聊上了。先问作业多不多、压力大不大，又朋友似的开玩笑说有相中的漂亮女生没有。

胖子边轻松地搓灰，边跟我说，给你儿子搓背的那个是正儿八经的老牌高中毕业生，听说考取了大学被顶走了。他没后台，也没找人。

我"哦"了一声，表示意外和同情。

要是我，胖子掀起我的左腿说，娘的，我非叫他吃不完兜着走！说着狠狠地搓了我一下。

我不禁哎呀一声。

胖子见我疼叫，方清醒过来，忙歉意地一笑，又说，他的字写得可好了，字帖一样。

我叹一声，表示惋惜。心想，是真是假，也说不准。

就听胖子说，这就是命吧，他还时常教育我们，今天不好好搓背，回家媳妇就得给你好好"搓背"。

我不由乐了，这话说得真逗！

就听那白背心给儿子说，可不能谈情说爱，那样学业就废了。我儿子跟你一样，很听话很懂事的。

白背心拍拍儿子，说，好了，再冲冲吧。

儿子起来了。白背心突然指着儿子躺过的搓背床垫呼叫，哎呀！快看看。儿子很不好意思地离开了。

我近前一看，啊，儿子的身体形状拓印了出来，仿佛是人体速写，简约逼真。儿子身上的厚灰，勾勒出了他身体的轮廓。

白背心很有成就感地笑了。我也笑了，为儿子幽默的厚灰。白背心一头汗水，边收拾搓背垫布，边说，现在的学生，虽不愁吃不愁穿，可压力大得很，又没办法，应试教育嘛，只能如此。

望着儿子洗澡还不能摘掉的厚厚的眼镜,我不置可否地点点头。

白背心甩手把那搓背垫布扔到大桶里,笑着说,我要是教育部部长,早改革了。翅膀上带着石头的鸟儿,能飞多远呢?

这时,胖子插话了,不无讥讽道,当初复读一年就好了,还犟脾气,落到今天这一步。

许是戳到了他的痛处,他忙乎着没再言语。

我安慰道,人各有志,哪能千篇一律呢。望着白背心默默钻进飘忽不定的雾气里,我心想,谁都不想跟着命运走,可到头来,命运却主宰着那么多人。

冲冲洗洗,儿子出去了。

我正要出去,突然发现白背心端坐在门旁的椅子上,那眼神分明有话要说。果然,白背心盯着我说,你儿子额宽鼻高,慈眉善目,定有出息,可要好好培养。不妨趁周末带他到田地里,接接地气,吼喊几声,醒醒脑子。我就是这样教我儿子的,他成绩可好了,是学校前几名的。

我说声谢谢。心里又笑他净吹了,俨然一个教育家,可又感到了他的与众不同。

突然,白背心又说,我搓的不是灰尘,是背运,背运没了,才能有出息呀。

我不由望了白背心一眼,蒸汽中的他眉清目秀,看来他还是有一定水平的。他刚才的那句话,不正是他心里纠结的吗?不正是他对下一代的期望吗?

这时,胖子出来了,拿着毛巾的胖手指着白背心,看看,又神经了不是?

回到家,白背心的话一直萦绕着我脑子里。第二天上午,我真的劝导儿子,一起来到了郊区的麦田里。儿子似忘却了一切,在空旷的绿色麦田里,像匹小马驹尥起了蹶子,扬起一溜尘烟。

儿子说,爸爸,我想起小时候在麦田放风筝了,蓝蓝的天,柔柔的风,多惬意呀。看着儿子少有的放松,我说,儿子,好好轻松轻松。

暖融融的阳光下,瘦高的儿子又一溜烟跑远了,还边跑边唱:是谁在唱歌,温暖了寂寞……

儿子多像只自由飞翔的鸟儿!

那一刻,我突然想起了白背心,心里莫名的滋味一阵阵翻滚。他运背,毁了前程;他搓背,谋划前程,这或许是他干这伺候人的搓背活的根由吧。细想想,搓背者不简单,他的心底那么光明,他的理念那么怪异。背运要是真的能像灰尘一样搓掉,该多好啊!

看到儿子兴奋地蹦跳,我不由打心里感激他——那位光明的搓背者!

开自由之车

19岁那年秋天，张小思没有拿回来大学通知书，却带回来个女朋友。没出息！父母一致斥骂他。张小思顿悟后告诉女朋友，同学王鹏仁要去参军，我也试试吧？女朋友点点头，眼里含着泪花说，你去吧，我等你！为了这句话，张小思去了部队，三年后又从部队回到了地方。可谓去也匆匆，回也匆匆。听说他有机会留在部队的，可他硬是拿着转业安置费，带着一张鲜亮的驾照，回到了女朋友身边。女朋友自然感动，很快同他入了洞房。婚后的一天，张小思忧愁地说，王鹏仁上班了，当了警察，我的脾性呢，喜欢自在，不愿受人管，咋办呢？媳妇说，那好办，谋个自由职业，你有驾照，开出租车吧，行行出状元嘛！

于是，张小思用转业安置费购了辆出租车。23岁那年春天，张小思愉快地开起了出租车。

张小思开出租车，却跟别的出租车司机不一样。不一样在哪儿呢？一早他睡醒后，不急于起床，要闭目养神几分钟。在这几分钟时间里，张小思要做一件事，当然不是跟媳妇再来个"回马枪"，那太俗了。他要做的是，决定今天拉多少钱。这个决定不是胡来的，是神来之笔。这是他的理念。他执拗地认为，不能把人"出租"给车，人要驾驭车，做自由之人，开自由之车！比方说，一早他的意念是今天拉 300 块，他出门上路，拉够 300 大洋，绝对回家，不讲早晚，反正就 300 了，认定的数目雷打不动。有一次，为了拉够他意念中的一个数目，竟一连跑了 26 个小时。他蛮拼的。媳妇感到男人可笑的同时，又感到了小思的可爱。跟着这样的男人，心里挺温暖的。余下的时间，他大都窝在沙发上看电视剧，喜欢看 50 集以上的电视剧。他说这样的长剧看着过瘾。他有时看着看着还掉眼泪。

这天出车，刚上路，两个小青年就招手拦住了张小思的车。张小思也没注意那两个小青年。每天乘客多了，哪有恁多心思呢。突然，一个硬东西顶住了张小思的腰。张小思一激灵，一股冷气蹿了上来。就听一个刚变声的小青年说，听我们的，要不然这枪会走火的。另一个稚气地命令说，放老实点儿，把我们送到前面大桥上，然后把你的钱包拿出来！

张小思就想起电视剧里打劫的一些情节。张小思窃笑一声，心里说，小毛贼，你张叔是不怕枪的，我打枪的时候，恐怕你们还穿着开裆裤呢。我可以不收你们的车费，但今儿必须叫你们"缴学费"，两个没有信仰的家伙，走着瞧！

张小思想着想着，猛地一打方向盘，车子朝右驶去。右边不远是刑警大队，王鹏仁在那儿任副大队长呢。

一个小青年急了，喊道，这往哪儿去？快停下！说着用枪猛捣了张小思几下。

他这一捣，张小思心里有数了。张小思沉稳地说，年轻人，玩过枪吗？真正的枪头子是硬朗的，是锐利的，也是正义的，这也体现了枪的真正含义！

张小思感到那小子的枪无力地滑落了下去。

张小思摁摁喇叭，像吹响了冲锋号。他严厉地说，你们知道这是犯法吗？不学无术！

两个小青年没料到撞到这么个硬朗的主儿，低声哀求，叔叔，让我们下车吧。

张小思气得好像自己的儿子犯了错误，一副不好好教育就不罢休的劲头，把车子开进了刑警大队院里。

后来，两个小青年哭丧着脸说，我们的这支枪，第一次失去威力，并身败名裂。小青年所持的枪，是一把塑质仿真手枪。小青年交代，就是这把枪，恐吓了七八个人，打劫了十几个钱包。

最后，其中一个小青年抱头痛哭着说的一句话，让刑警王鹏仁和出租车司机张小思愣了许久。小青年说，感激司机大叔，要不是遇到您，我们会毁了一生的！

天很晚了，张小思才到家。他一进厨房，就闻到了一股麻辣鱼头的香味。这道菜，是他的最爱。张小思惊讶地望着媳妇。媳妇却嗔怪道，你那个臭理念，也不改改，非累死呀？说着，盛出麻辣鱼头，又打开一瓶啤酒。

这时，媳妇笑眯眯地望着张小思说，这车开得有水平！

张小思蓦地明白，是同学王鹏仁告诉了媳妇什么。

爱的甜蜜蜜

自从岳父到我家后,我发现,妻子明显异常了,像有了精神病。

半夜里,她不止一次地突然坐起,目光呆滞,面壁无语。

吃饭时,她不止一次地将饭碗滑落,瓷碗的碎裂声空洞而恐怖。

望着一脸倦怠愁容的妻子,我轻声说,咱看看医生吧。

妻子很痛苦、很茫然、很无助,似是而非地点点头。

可能是失眠导致的,我安慰道,吃点儿调节神经的药就好了。

其实,我也感到蹊跷,要说是更年期,妻子刚过四十岁的生日,不该那么早呀?

妻子简单收拾收拾,拎着坤包走出了家门。突然,又想起了什么,转身进屋。就听她说,爹,我们出去会儿,今儿吃馄饨吧?

岳父住到我家后,当女儿的变着花样侍候他,唯恐老爷子吃不好。

后来我发现,妻子办事丢三忘四,总问我,要找什么呢?

后来我注意到,每次滑落饭碗,她总佯装吵猫咪,嫁祸于猫。

不久,我终于恍然大悟,她是怕岳父察觉了她的异样,影响了他的情绪,遂在自己辗转难眠时,用牙紧紧咬住被褥,默默地忍着。隔壁还有读高中的儿子,儿子要披星戴月读书。

唉,真难为了身为女儿、母亲和妻子的她!

我和妻子结婚的那年冬天,岳母病故了。岳母拖着她卧床三年的干瘦的病躯,终撒手西去。最后一幕是,岳母用枯枝般的手指,紧紧地钳住岳父的大手。岳母放心不下三个都没成家立业的孩子,放心不下因她而辞去饲料厂工作的丈夫。掐指算来,岳母已离世近二十个春秋了,岳父年岁大了,起居虽能自理,但多有不便,我们就让他轮流在孩子家生活。岳父毕竟当过工人,很自知,不给孩子添麻烦。他一早起床,外出溜溜,看看电视,偶尔去棋牌室,早起早睡,很有规律。

到了医院门口,我突然忆起我和妻子结婚前,发生在医院里的一件可笑的事。我刚参加工作不久,单位里发了张体检表,自己年轻力壮,也没体检,就把体检表放抽屉里了。后来认识了妻子,为了讨好未婚妻,就又想起了那张体检表,就约她体检。到了医院体检窗口,才发现体检表早过期了,我忙急中生智又购买了份体检表。

我试着问妻子,你还记得我们结婚前的那次体检吗?

她摇摇头,望望高高的病房大楼。一会又点点头,脸上瞬间漾出了笑意。她说,不就是那张体检表嘛,还是过期的。为了你的面子,不好意思戳穿你!

我嘻嘻笑了。

妻子也露出了久违的笑。我发现,没有笑容的人脸,是最难看的。

我们到了精神科。

医生诊断说,妻子没毛病,不需吃药。医生的语气还略带责怪。

接下来的几天,妻子还是失眠烦躁,甚至胡言乱语,连"死亡"之类的不吉利话也说出了口。

我很犯愁,就决定请假陪护。

妻子知道后,坚决不同意。

我很纳闷,既然她啥都清醒,为啥想要死呢?

望着客厅里正看电视的岳父大人,蓦地,我的眼前一亮,想到应该咋做了。我喃喃自语,试试吧,哪怕有一线希望呢。

我略作准备,就驱车拉着妻子离开了城市,朝乡下老家奔去。

春光明媚,麦苗碧绿,一派生机盎然。可妻子仍面色冷峻,目光呆滞,绿毯一样的麦田没能引起她丁点儿的兴致。

朝妻子老家村东一拐,我把车熄了火。妻子疑惑地望望我。

我抬手朝麦田指去。

麦田里有一座坟茔——岳母的坟茔。

妻子慢慢打开了车门。她朝麦田走去。

我边点燃黄纸冥币,边喃喃说,娘,爹在我家,看看电视,打打牌,早起早睡,身体硬朗。您老就放心吧。

妻子眼里噙着泪,默默地拔着坟上的杂草。

回城的路上,妻子睡着了。她睡得很香,仿佛喝了安眠药。

几天后,我留意到,妻子又容光焕发了。她有了精神,有了劲头。人呀,活的就是精气神!

这天,她忽然问我,咋想起了回老家。

我笑笑,说,记得儿子未满月时,夜哭,还发烧,吃药就轻点儿,一停药还反复。后来请先生叫叫摸摸,不很快好了吗?我仔细想想,自从岳父来咱家后,你的突然变化,着实让我费解和头疼,其中肯定有什么缘故。我叹口气,说,我们不迷信,但有些事情能说清,有些事情道不明,科学和玄学,都是存在的。

妻子像小孩一样把头埋进我的怀里。她说，没料到是娘想咱爹，来到了咱家，娘始终挂念爹和我们哪。

我说，是啊，娘的魂附你身上了，娘想爹了，也想孩子了。

妻子点点头。

我叹口气，抚摸着妻子的秀发，说，你受罪了，再折腾就会出事的，连我也要神经了。

娘折腾爹，我就折腾你。妻子说着说着，身体开始颤抖，清纯的哭泣声，在我的怀里由弱渐强，萦绕于心……

笑到最后

母亲笑了，一如既往地笑了。可这次的笑却不同于往常。这次是我们弟兄姊妹三个都分上了房子。房子是安置房，拆迁后的安置房。虽是安置房，可终归是房子呀。这等大喜事，母亲能不笑吗？母亲露出了她64年来最灿烂的笑容，还说，要不是拆迁，恐怕这辈子也没能耐给你们仨置办上房子。

爸爸不止一次地说，我这一辈子最满意你妈的，就是她的笑了。

爸爸说，我们结婚那年，你妈从你姥姥家带来一棵桐树苗，栽在了你奶奶的堂屋后。不久，你奶奶给我分家，说那棵桐树是自己长出来的。我气得要拔掉那棵已经返青的桐树。这时，你妈出现了，笑着说，娘，这棵桐树就在咱家地盘上，别人是争不走的。我们不禁问道，那棵大桐树呢？爸爸说，前年给你奶奶打棺材了。

提起母亲的笑，爸爸好像有道不尽的话题。这不，爸爸又说，那年家里喂了头猪，大半年了也不见长个子，唉，人都吃不饱，何况猪呢。结果猪又得了怪病，一块块烂皮，红肉都露了出来，不久就死了。我说卖掉吧，多少换回俩钱。哪料想你妈硬不同意，竟还笑着说,可不能做昧良心的事情,没那俩钱,我们也饿不死。爸爸说,那一年,妹妹三岁了体重才十多斤。

爸爸继续讲道,那年你妹妹没考上大学,我气坏了,恨她不争气,不像你哥俩。你猜你妈咋说,她说人不能比人,这小妮子眉里藏痣,福气在后头呢。还笑着说,他爹,不信,你等着瞧吧!眼前的妹妹,已是公司的一个小领导了。

爸爸给我们讲这些时,母亲不在场。母亲在医院的肿瘤科里。

房子到手后不久,母亲就感到腹部疼痛。她自嘲地笑说,咋了,难道我没福气住新房子?谁知一查,竟是子宫癌。当时我们头都大了,我哥也迅速从北京赶到了县医院。我们跟所有癌症病人的家属一样,首先做的就是保密,坚决不能让病人知晓病情。为了不让母亲多虑,我哥建议进京治疗也被否定了。

爸爸思忖良久,突然严肃地说,你妈笑了一辈子,我们得让你妈笑到最后。没有你妈的笑,我们就没有今天!我们都噙着泪点点头。爸爸就一再嘱咐,在你妈面前,今后就一个字——笑!

于是,从那天起,我们都笑容满面地面对母亲。

他爹,母亲问,我这肠炎也该好了呀?

爸爸脸上的皱褶里都是笑,说,真稀罕,现在的细菌真难杀死。

我们遂附和,是呀,病毒都是双眼皮的!

我妹妹先笑响了,边笑边拿出一样东西,说,这是新上市的草莓,请妈妈品尝!一颗红灿灿的草莓递到了母亲的嘴边。

母亲轻咬了一口,慢慢咀嚼着,突然问,力量呢?

力量是我哥。我早一脸笑意,接道,哥出去见一个朋友,他有点儿业务。妈,我哥说您不该给他置办房子,他在北京有房子了,何必呢?

都是我的孩子,手心和手背,不能分高低。母亲望着天花板,说,你哥不住,也得给他留着。

妹妹忍不住,泪水打旋。我赶紧跨步上前,遮挡住妹妹。妹妹转身出了病房。为此,妹妹被爸爸好吵了一顿。

这时,哥哥来到病房,一副凯旋的高兴状,笑说,妈,这笔业务很顺利。

我们看到,母亲点点头。

一次,母亲发现我妹夫脸上笑着,眼里却噙着清泪,有点儿蹊跷,问道,你这孩子咋了?妹妹聪明,圆了场,就听妹妹说,刚才小米虫飞他眼里了。妹妹就不无嘲讽地指着妹夫说,就你眼大!

这毛妮子,看把你惯的!母亲不由笑了。在母亲病房里,我们有节制的说笑,引得其他病友好生羡慕,一脸疑惑。

临做手术那天,母亲有些泄劲,有些疑虑,问爸爸,他爹,你们没隐瞒我啥吧?

爸爸早有准备,佯装埋怨道,说的啥话呀,一点儿肠息肉,你要有个其他,孩子还能整天笑着面对吗?

母亲这才有所释然。

爸爸对母亲笑着说,看着你的笑,我们走到了今天,孩子都盼你笑到最后呢!

听了爸爸的话,母亲果然笑着进了手术室。

手术时间长,妹妹坐站不是,就拾掇母亲的病床。她猛然愣住了,忙喊我,二哥,快看!我看到,母亲盖的被子的一角遍布牙咬的痕迹。我恍惚明白了什么,顿时涌出了眼泪。

从手术室里出来,浑身针管子的母亲却面带笑容地睡着了。妈妈,您太累了,也该歇歇了。她的笑容好平静,好安逸,好坦然,或许正和她心爱的孩子说笑,或许正和她并肩作战的爸爸逗乐……

在病房里,听着吊瓶滴液的声音,望着母亲发黄的笑容,爸爸耸着肩旁,第一个哭出了声。接着,妹妹抱紧妹夫,哭出了声。哥哥蹲了下去,也哭出了声。我一头扎进爸爸的怀里,大雨倾盆而下……

相邻的病友都张大了嘴巴,露出了同情而无奈的眼神。

后来复查,医生拿着母亲的复查结果,反复看,仿佛看不大懂,又好像发现了啥大问题。我们紧张得大气也不敢出。终于,医生尽量平静地说,这样的病例多了,可像老太太这样的恢复结果,还极少见。

我们不禁鼓起了掌。

在我们的掌声中,母亲再一次露出了笑。

母亲的那一笑,永远烙在了我们的心里。

女人的电影

老北京涮羊肉火锅店，雾气缭绕的小包间，申东从热气腾腾的汤锅里，夹起一块羊肉，递到女人鲜红的唇边。女人的嘴唇比盘子里的生羊肉还鲜红。女人笑眯眯地含进嘴里，很享受地咀嚼起来。申东仰脖将一杯红酒倒进肚里。这时，申东的手机铃声悦耳地响了一下。申东打开一看，是条微信，是卖房子的微信。可细一看图片，这房子好熟悉，跟自己的家一样。也难怪，现在的小区设计大同小异，一不小心就会摸错家门的。女人却噘起了小嘴。申东忙笑着解释说，没事的，是条无聊的微信，现在的人啊，无聊至极，微信漫天乱飞。申东夹起一叶生菜。这时，申东的手机短信铃声再次响起。女人很不悦，伸手夺来手机，滑动屏幕。女人不觉发出一声冷笑，说，给，你的手机。女人傲慢地将手机"啪"的一声撂到了餐桌上。申东感觉不妙，忙打开手机。是妻子莫小素的短信。短信写道：家里房子已无存在的意义，准备卖掉，你同意吗？申东这才酒醒，原来那微信是莫小素发来的。女人自然没了兴致，拎起坤包，摇摆着翘臀离开了饭桌。女人似不甘心，复又回头，挤出笑容，抬手浪漫地说，拜拜！顿时,申东嘴里咯吱咯吱的响声和铜火锅里咕嘟咕嘟的响声交织在一起。

步出火锅店,申东才发现外面早下起了大雪,雪花纷纷扬扬,如不安分的蝗虫上下翻飞。申东朝飘过来的一朵雪花哈口热气,遂裹紧风衣,融入仓皇的人流。

赶到家,申东却看到莫小素坐在庭院的藤椅里。藤椅没摆在客厅,却摆在了露天的院子里。申东感到气氛不大对头。院子西边茂盛的葡萄架上早蒙上了一层积雪,变成了白棚,好像覆盖了一层厚厚的白棉被。

藤椅里的莫小素一动不动,冷静得如空中飘雪。莫小素雪人一般,头上和身上全是厚厚的积雪。突然,随着扑面而来的雪花,传来一个空洞的声音:你没摸错门吧?

申东一激灵,打了个寒战。

这没有灵魂的雪花呀/无论何时何地/都洁白无瑕……

莫小素诗人般的吟咏像飘雪扑面而来。

申东不禁又打了一个寒战。

其实,申东没料到莫小素在椅子里正闭目看电影,一遍遍地看自己的电影。不是传统的水幕电影,是雪幕电影。电影不知放映了多少遍。申东透过漫舞的雪花,看到莫小素眼角的雪花融化了,竟融化成了两条小溪。

看的什么电影呢?

莫小素看的是自己的电影,一个下午发生的故事。

一个礼拜五的下午。

电影的主人公莫小素在礼拜五下午走出教室,意外地发现男朋友申东缩着头在校园里溜达。她不由抬头望望远处,也发现校园上的天空分明昏暗凝重了。我还有一节课呢,你咋跑来了? 莫小素嗔怪道。

望着水葱一样的莫小素,申东笑着答道,不急,我等你。

莫小素脸一红,说,办公室里有煤火,你去烤烤吧。莫小素说着就去班级了。

礼拜五下午的最后一节课结束后,阴沉昏暗的天使校园很快空荡荡没了生机。

莫小素故意迟缓步出教室。当她赶到办公室,看到桶状的煤火炉的炉火正旺,却没有看到男朋友申东。她隔窗探头也没发现校园里有申东的影子。偌大的校园一片死寂,唯有打着呼哨的凛冽北风。莫非不辞而别? 莫小素轻揉了一下鼻子,感到鼻子上渗出了细汗。

这时,申东从天而降,从背后捂住了她的眼睛。

莫小素忙喊道,快松手,叫人看到了多难看!

申东说,早没人了,院里院外我溜几遍了。

天也太冷了,申东说着随手关了办公室的门。二人围着红通通的小煤火炉,却没了言语。突然,申东发现伸到火炉上的手跟透明的一样。于是,申东率先开口说,人的手,难道是透明的吗?

莫小素矢口否认:那不可能,手是肉,咋透明呢? 别忽悠人了。

申东忙说,不信你看,我的手下面是红火光,你看手上边,也是红色。

莫小素很好奇,探头一看,果真手上手下都是红火光。

申东终于近距离看到莫小素的脸蛋,煤火一样红扑扑的。申东镇静一下,说,来,我看看你的手透明不?

莫小素犹豫着伸出一只手。

这只手纤细匀称,光滑红润。莫小素感到申东呼吸有些急促。果然,申东说话的声音都中气不足了。他气息不匀地说,莫小素,你的那只手呢?

莫小素感到自己有些胸闷,她下意识地伸出了另一只手。

申东没有细看,却猛地一下攥紧了莫小素的双手。

四只手在红红的炉火的映照下,像四个泥娃娃一样,翻滚交织在一起。申东感到莫小素的手,柔若无骨,质滑似绸,温润可人。莫小素觉得申东的双手雄浑有力,激情似火,阳刚之气充沛。

这时,外面传来"咔嚓"一声脆响,是树枝被风刮断的声音。

莫小素一激灵,忙抽出双手,站了起来。她感到办公室外面出奇的静,就小心拉开门。

哇!莫小素大叫一声,下雪啦,好大的雪呀!

申东不禁扭头望去,黑暗的天空下,院子里早白茫茫一片了。

这咋回家呀?莫小素皱紧了眉头。

申东复又关了门,说,我送你呀。说着,一把抱住了莫小素。

莫小素顿时感到一股前所未有的电流击到了她,使她震颤不已。她紧闭双眼,温暖备至……

申东咯吱咯吱地踩着积雪,推着自行车走出校园,车圈上很快沾满了白雪。申东就到路边寻根树枝,又是敲又是打。

莫小素紧跟其后。

天黑路白,他们俩走走停停。望着申东淋成了雪人,莫小素抑制不住笑了,乐了。她一会儿团起一个雪球,调皮地朝远处掷去;一会儿偎依着申东,牵着他的衣袖,伴着申东迈着有些沉重的步伐。莫小素没感到天有多冷,真是下雪不冷化雪冷吗?浑身冒热气的申东终于把莫小素送到了家门口。昏黄的路灯下,大雪兴奋地翻飞着。申东眼睫毛也沾上了雪花。有一朵雪花在申东头上不停地打着旋儿,恋恋不舍的。莫小素看着申东扭头钻进了白茫茫的夜色里。

很快,伴随着喜庆的唢呐声,莫小素与申东携手步入了神圣的婚姻殿堂。

…………

莫小素自己的电影放映完了,可她依然不肯睁开眼睛,仿佛很陶醉,又很淡然。

申东见状,仿佛脚下不慎一滑,瘫坐在了雪地上。

最后一次吵嘴

我二爷跟我二奶奶实实在在吵了一辈子的嘴。

昨天把76岁的二爷下葬后,我大叔眼泪顾不上擦,就指着卧在老式藤椅里时而清醒时而迷糊的二奶奶,脱口说了一句话:"看这回你还跟谁吵嘴!"

我二爷是个干部,起初在乡镇,后来进了城。二奶奶年轻时漂亮得方圆几十里都有名气。有人戏言,要是皇帝老儿还活着,肯定得把二奶奶选进宫里。奔着二爷的干部身份,俊俏的二奶奶嫁给了一穷二白的二爷。

二爷在乡镇上班时,还在村里住,所以他俩的吵嘴大家都知道。二爷虽说是干部,但他生性木讷,嘴皮子跟二奶奶差远了。二奶奶嘴唇薄,精力旺,心好强,一看就是个吵嘴的料。对于她,吵嘴是最佳的发泄方式。一次,二爷吵嘴吵急了,顺手拿起把菜刀要剐二奶奶。二奶奶很识时务,抱头鼠窜。引得我两个叔叔捂嘴窃笑。从二爷极端的反抗中,我们都清楚,他怕二奶奶,惧内。

二奶奶一口气给我二爷生了三个丫头片子,与二奶奶相反,我奶奶一口气给我爷爷生了三个大胖小子。都说是二奶奶吵嘴吵的,把二爷气得肾阴亏损。

后来二奶奶随着二爷进城了。三个姑姑也陆续上班了。我爸和我大叔、小叔都在家务农。都说我小叔亏了,要说能说,要脑子有脑子。我小叔戴着手套,能将 136 张麻将牌摸着报完,且一张不错。我爸不止一次地惋惜说,要不是那时家里吃没吃的、穿没穿的,复读一年,你小叔肯定能考个大专什么的。

二爷对我爸和叔叔,是非常疼爱的,只要回村里,糖果烟酒不断。尤其对我小叔更亲,送他皮鞋,还送他西装。都说二爷没儿子,心里把我小叔当儿子看待了。二奶奶相反,她反感我的叔叔,眼里看不惯,窝着气回去就找碴儿吵嘴。

二爷对我小叔好,可我小叔对二爷也不薄,你看送葬队伍里,我小叔哭得跟我爷爷去世时一样悲恸。

我大叔“看这回你还跟谁吵嘴”的话没落音,我小叔突然站在了我二奶奶跟前。

小叔一反常态,指着二奶奶,手指头点着,说:“麦,你家亲戚邻居,我只要能办的,啥事情都办了,你为啥动不动都跟我吵嘴?”

大家一愣,小叔的腔调咋跟二爷如出一辙?就像歌星的模仿秀,真假难辨。

名字叫麦的二奶奶登时傻眼了,嘴巴干张着。除了二爷,谁敢直呼其名?

就听大叔说:“怕是二爷的魂魄附他身上了吧。”

我小叔继续指着二奶奶,说:“你呀,不知足!我到今天都没想明白,那年乡里有一个转正指标,你为啥不让给小武呀?”

小武就是正指着二奶奶吵嘴的小叔。

藤椅里的二奶奶脸色黄里透出了白。

这时,我大叔上前猛扯了小叔一下。

就见小叔扭过头，指着我大叔，慢条斯理地说："钢嘛，你叔我没考虑你上班的事，因为你小学没念完，学问浅。哈，别生气。"

钢是我大叔的乳名。我大叔笑了，说，这哪是哪啊？又不禁思忖，二爷对小武好，原来是二爷自己欠下小武的了。

我小叔复又转过身去，指着二奶奶："麦啊，你动不动跟我生气吵嘴，怨谁呢？是嫉妒我大哥吗？我工作恁些年，没拉拔小武，亏了孩子呀！"

言毕，我小叔泥巴一样瘫在了地上。

我忙上前，发现小叔嘴唇铁青，嘴角吐着白沫，浑身一阵阵抽搐。

再看二奶奶，脸色灰暗，早昏厥过去了。

众人遂忙碌起来，掐人中的掐人中，灌水的灌水。待二奶奶苏醒，小叔也回过神来，方各自散去。

后来，再问我小叔，我小叔竟浑然不知，若无其事。也好，真知道了并不是好事。二爷已驾鹤西去，安排不安排工作，还有意义吗？

不过，小叔的那一番神话，纠结在众人的心里。如若有那事，倒累了二爷，隐藏了一辈子的话，死后才得以说出口。二爷要不累，能主动跟二奶奶吵最后一次嘴吗？生前怕媳妇的二爷，在吵嘴上，可从没有主动过啊。

我想，二爷吵了这次嘴，在那边才能安息吧。

永远的香炉

自从爸爸去世后,妈妈基本不再出门,一天到晚闭门在客厅里烧香。

伴着缭绕的香烟,墙壁慢慢变成了鹅黄色。

穿透蓝烟的阵阵咳嗽声,让我们很担忧。妈妈身上的烟熏味离老远就能闻到。

于是,我们劝妈妈打开门,空气好流通。可她依然闭门默默烧香。妈妈也不多说话,只是望着燃着的彩香,望着镜框里永远微笑着的爸爸,一把香焚尽了,就又点燃一把。

突然一天,妈妈晕倒在了香炉前,香案上喷有她发黑的血迹。

医生干巴巴地说,肺癌。

回到家,又躁又急的大哥咆哮着要去摔那只棕褐色的香炉。

无疑,我们认定香炉是伤害妈妈的罪魁祸首。

"不要摔它,"妈妈终于说话了,"香炉没错。"

我们看到,香炉盛满了灰色的密不透风的香灰。仿佛一震动,那高耸的香灰就会洒落下来。香炉早被一圈丘陵状的香灰紧紧包裹着。这香炉,逢年过节妈妈才用一次的。

妈妈细棍似的胳膊有点哆嗦。我

187

们没想到她瘦成这样。

"你们都成人了，我不挂念。"妈妈声若游丝，"你爸一个人在那边，我哪能放心得下？他从来不曾离开我半步呀……烧香敬神，让神明保佑他，不承想，香烟把我熏倒了……"

我们先是静静地流泪，后来都伏在妈妈身上号啕大哭。

平日里，小区里的人都艳羡地说我爸我妈，一个是右胳膊，一个是左胳膊。

我们发现，妈妈的面容很平静。

至今，我们家客厅桌子上，那只棕褐色的香炉还在，香炉里还是妈妈留下的满满的香灰。

不大的棕褐色香炉两边，爸爸和妈妈在镜框里相顾微笑。

应该是这个结局

朋友的妻子在劝说女儿时,提到一个人。当时,朋友女儿因考驾照没过关正哭鼻子。就听朋友妻子说,闺女,别难过,你才考三次就到第三关了,你不知道,有一个人,叫……叫祁始知的,驾校里无人不知,听说都考七八次了,还没拿到本本呢。

这一招特灵,女儿果然不哭了。朋友的妻子点穴一样给她找了个定位。

这个祁始知,是我难得的弟兄。

我在原单位时,有一天,祁始知就突然出现在了我的面前。

头儿望着我,说,原来在乡镇工作,借调来的。

头儿转脸瞅着他,继续说,先到办公室适应适应。

就这样,我跟祁始知相识了。谁能知一相识就难忘了呢。

他中等身材,穿戴土气,面相粗糙,像个基层干部。他给我最深的印象是头大脸大,身子倒不胖,腿细(可能是裤腿瘦),比例失调,有头重脚轻的感觉。

他报到的第一天,快下班时,我的门被拍得山响,应是用拳头捶的。打开门,是祁始知。他红着脸,堆着笑,有些气短地说,我请你,食乐源吃烩面,307 房间。

我望着他,有些生气,对领导哪有不请示,就自作主张的道理。

他肯定察觉到了我的愠怒,忙收敛了笑,说,赏个光吧,陪客我都请好了。

既可气又好笑,祁始知啊,这儿不是乡镇,是大机关,你懂吗?心里埋怨着,却跟着他走出了办公室。

从他昂扬惬意的背影可以看出,他高兴极了。

真是高兴极了,他微醺着对他朋友说,面子,真面子!

基层与机关是有区别的,从祁始知身上就能明显看出这一点。譬如,明知张三和李四关系"微妙",他竟敢与他俩同坐一起吃饭。这是机关大忌。你说他二球不?后来一次酒后,他对我嘟囔道,哥,不管别人咋说我,我就知道我跟他们无怨无恨。似很委屈。

我拍拍他厚实的肩膀,刚想说点儿什么,他却发出了鼾声,一来一回都高昂的那种鼾声。我不由笑了,服气祁始知这小子了。对这种敏感的人际关系,他不卑不亢,不管不问,不理不睬。机关内能做到的人真不多。或许他还是个借调的角色,没进入圈内吧。

单位看病号随礼,每人五十元,祁始知不是正式人员,可随可不随,他却随了。还说,随礼又不分编内编外、正式非正式。人都上车要出发了,他却迟迟没上来。我性急,就当众吵他,咋恁没眼色啊!他却尴尬地一笑,忙钻到最后一排的一个角落。

几次随礼,他都最后一个上车。我非常气愤,把他叫到办公室。他满脸堆笑,头重脚轻地站着,说,哥,别凶我了,我给您说实话,每次对份子都带个"50",我嫌不好看,就背着多对了五十,凑个整,吉利。

我顿时语塞。他的"基层"方式，真让人哭笑不得。

有一回，钱科长酒后驾驶，被交警拦下。与他一块喝酒的还有沈萌。沈萌知道我与交警大队人熟，就打了我手机。我知道这种事不能耽搁，否则人要"进去"。我忙去"救人"，终把钱科长捞上了岸，虚惊一场。等我们打开钱科长的车门，发现祁始知还在车上。

他嘟囔着说，钱科长不出来，我就不走。

要是钱科长进去了，你还不走吗？我质问他。

他答，钱科长啥时出来，我啥时走，不然我就住在车上。

沈萌扑哧笑了。

我也一下子气笑了。

有天，沈萌下班回家，路过一个施工工地，被一根残钉扎住了左脚，流了血，包扎后在家暂时休养。祁始知闻悉后，再次捶开我的门。他一脸严肃，说，这得去瞧瞧，送送温暖。我就故意问，你看这温暖咋送？他答，组织几个弟兄，买些酒菜，到他家现场安抚，不失为上策。原来，他早有准备。我笑了，说，始知啊，亏你想出来！就依你吧。

祁始知屁颠屁颠地出去了。

酒过三巡菜上五味，祁始知说话了。他举杯说，很高兴，沈萌的脚扎住了。

众人一愣。

他忙解释，就是这个意思嘛。

钱科长一语道破，小祁是想表达，沈萌扎了脚，我们才有机会坐在一起。

祁始知忙点头，对，对啊，就这意思嘛。说着就自罚了一杯酒。

众人皆笑。

觥筹交错间,却有鼾声响起。祁始知不胜酒力,醉了。

众人皆说,真是难得的一个好兄弟。

后来,我调到了另一个单位,一忙,也忘了祁始知这个兄弟。这次,在朋友家,忽然就又想起了他。言谈间,知道了他还是一个借调人员。我曾借调过一段时间,深知借调的滋味,就不由拨通了他的手机,说:

始知啊,是我。

首长好。他明显世故了。

咋样啊?我诚恳地问他。

还那样,吃点儿,喝点儿,玩点儿。呵呵。他笑答。

驾照拿到了吗?我问他。

现在严得很,光第三关我都考三次了,这次摊了个夜考,又压了黄线……嘿嘿,怪不好意思的,在驾校祁始知都成"名人"了。他笑答。

好事多磨,慢慢来。我安慰他。

严些好,从驾校出来净马路杀手哪行?过程比结果更重要。他像自言自语。

嗯,嗯。我心里说,你悟性差就是了。就好比猪悟能八戒哥,自己捉不住妖怪,还狡辩妖怪滑头。我由衷地问他:

始知,要不,到我单位来吧?

哦……不给哥添麻烦了。他略一犹豫,说,谢谢哥啦。对了,哥,啥时给我弄两件酒喝啊。

我叹一声,挂了电话。想起有的人为了进单位,削尖了脑袋跑、找、要,看来,这祁始知才是真正的哥们儿!

这时,朋友喊我,我解释说给祁始知打了个电话。朋友妻子一惊,哦,倒忘了你们原先一个单位的。她有些激动地说,你说祁始知这个人怪不怪,听说他在澡堂洗澡,大家都看到一个人喝高了,头一栽一栽地在水池里喝水,愣没人救。他一发现,就疯了一样跳入大池,奋力把那人扛了出来。后来,澡堂老板找他,他死不承认这事。他在水池中,露着个大头,对老板说,我刚到呀,不知道咋回事。说罢,就一头扎进了热水里。

朋友妻子不无惋惜地说,一大笔奖金跑了,外加一张洗浴金卡。

我笑了,对他来说,应该是这个结局的。

这不意外。我又挺自豪地补充了一句。

一份没有张贴出去的寻人启事

潘仁娥，女，44岁，鼻子上有米粒大小的一颗红痣，身高×××。离家时上身穿×××，下身穿×××。因精神恍惚，与家人吵嘴离家。所带手机是老式摩托罗拉，黑色，已打不通（没带充电器）。右手带块表（男款的），时间走不准。好逛超市，进美容院。肯搭话，好咋呼，认死理，一般是解大手不解小手。家人万分焦急。有知其下落者，请速与其丈夫柴一鸣联系，定重谢！手机……

好心的街邻把这“寻人启事”草稿交给柴一鸣过目，他过目后即可复印张贴出去。大半辈子夫妻了，何必呢？救人如救火，人丢了也不是小事呀。他儿子、女儿噘着嘴，一言不发，仿佛多说就是废话，或者不愿说什么。

这柴一鸣倒挺存得住气，喝口茶，山崩于前也不惊的架势，看了一遍，又看了一遍，方拿起水笔，头也不抬，就作了删改。

其实，也就删去一句话，改动了几个字。其删去的一句话是“家人万分焦急”。在“有知其下落者，请速与………”一句上改动了几个字，把“请速”改为了“不”字，又在句后添了个“的”字。改后就是“有知其下落者,不与其丈夫柴一鸣联系的,定重谢!"

好了。柴一鸣说。

众人正欲笑不能时,外面响起了一阵急促的敲门声。

儿子、女儿不由朝柴一鸣望去。

柴一鸣许久才冒出一句话,这日子还得过呀。

众街邻撮嘴"嘘"了一声。

果然是潘仁娥。

潘仁娥看一眼那份修改后的寻人启事,噗的一声笑响了。

众人一愣。

就听潘仁娥说,我还真离不开我家老柴!说着,一屁股挤坐在了柴一鸣身旁。

拖把陪伴着我

在我办公的五楼，不期然碰到了穿着蓝褂黑裤的青姐。蓝褂黑裤是清洁工的工服。当时，还是她先叫出我的乳名的。我忙让她进办公室坐坐。她有些不好意思地笑笑，说，看我这身打扮，能进你们办公室不？就一手扶着拖把，用他乡遇故知的表情跟我亲切地说话。

青姐是我旁门婶子的闺女，大我五六岁。她没出嫁时，我们常在一起疯玩、踢沙包、捉迷藏、打扑克、割猪草，样样她都精通。青姐还有一手绝活——掐辫子。嘴里咬着七八根麦秸秆儿，左手食指和无名指间夹着七八根，灵巧的双手不停地动着，一大包湿水的麦秸秆儿，眨眼变成了一大桄辫子。她身上的不少时鲜衣裳，都是掐辫子换来的。青姐好说好笑，干活麻利，就是不贪上学，老早就辍学了。

青姐说，早知道你在县委大院工作，没想到今天见到了你，胖了，发福啦！

我问青姐，你咋找到的这份工作？家里啥样？

青姐说，俩孩子，大的上初一，小的也念二年级了。前几年，养鸡、养猪，还能赚些钱。最近，鸡、猪光生怪病,价钱低得很,没赚头,也就不养了。年轻力壮的都外出打工了,我还得照顾学生,不能外出,也不能光闲着。说着说着又笑了。

我对青姐说,这里有电话,渴了有茶,有事就来。我没想到青姐还是这乐观的性格。

青姐朝办公室瞅一眼,就拿起拖把走了进去,她帮我们拖起了地板。她边拖地边说,你拖不过我的,我经过专门培训呢。能找到这份工作,也心满意足了。青姐喘口气说。

青姐手里的拖把,是宽大的油拖把,拖得地板干净明亮。

趁青姐拖地,我将办公室的旧报纸、老杂志,都收拾了出来。对青姐说,换条毛巾吧。

青姐边收拾边说,西边一个办公室,叫我收拾废纸。我进去了,却有个人说,看着她,别丢了其他东西。我气得扔下废纸就走了,看不起人!青姐很气愤,说,金山银山,只要不是自己的,也不入我的眼!

我安慰说,没事,这样的人不值得搭理。

青姐又问,经常回咱家吧?前不久我回咱村还见上大娘了呢,她身体硬朗,还能下地干活哩。

我说,接她进城,她不想来。

青姐笑说,她怕住不惯吧,放着福不会享呢。又说,城里空气不好,也没地方玩。

青姐说,啥时候到我家,我给你擀面条吃。

我说抽空吧,现在正换届调整干部,忙呢。

没料到青姐兴奋地望着我,说,咱家就指望你了,努努力,弄他个一官半职的,我这碗饭也能端稳当了。

我叹息一声。想说没那么容易,可又怕青姐失望,就说,争取吧。

咱老坟有劲呢,出了几个大学生,县里有你,北京、上海都有咱的人,在咱那片很有名气哩。青姐说着,收拾好东西,就走出了办公室。

我发现,青姐见我后,很激动、亢奋。我也为能见到青姐而高兴,青姐还是小时候的青姐,没变啊。

不久后的一天,青姐打扫到我的办公室门口,停了下来。我忙招呼她进来。她却摆摆手,又勾勾手,叫我出来。

青姐问我,咋样?

我知道青姐问的啥,苦笑一下,摇摇头。

青姐望望长长的走廊,良久才说,你年轻着呢,就这混得就不错了,可别不知足。突然,青姐晃晃拖把,说,老家人都知道你和我在县委大院工作呢,我可自豪了,只是姐姐不如你,拖把陪伴着我。说着又晃了晃拖把。

青姐的草根式幽默,让我差一点儿没笑出声来。

青姐最后又说,有我弟弟在这大院,姐也有了靠山。说罢,就倒退着一下一下认真地拖着光滑的水磨石地板,渐渐远去。

望着青姐弓着的一动一动的蓝色身影,我心里顿生一股力量,转身回了办公室。

翌日,我到办公室,发现桌子上有个蛇皮袋,盛有半袋嫩玉米。我疑惑地看看一旁的同事。那同事说,一个清洁女工一早送来的。我忙走出办公室,朝走廊望去。走廊已干干净净,来来往往不少人,唯独没有穿着蓝褂黑裤的青姐。或许她正在其他楼层打扫卫生吧,或许正手扶拖把没心没肺地与谁拉呱儿呢。是啊,实实在在的拖把陪伴着她!

嗅着嫩玉米的清香,我的鼻子不禁一酸。

彩虹

放下望远镜,占强心里很是惬意。这种感觉,对 15 岁的占强来说,是近段时间未有过的。透过望远镜,占强眺望到的是广阔的天空,是伸手可触的小燕子……

去年夏天,正备战中考的占强忽然高烧不止,一连打了二十多天针,待烧退了,没想到左腿却出了毛病。占强起初感到左腿发疼、发木,后来,左小腿就蜷曲伸不直了。

占强拄上了单拐。拄拐后,占强不得不辍学了。

占强家住在一栋家属楼的五层,活动的空间可想而知。他独自住在 9 平方米的小屋子里,屋内的东西摆放得满满当当。窗台上几盆红红绿绿的花草甚是醒目,当然,还有不少大大小小的药瓶。占强一直没断过药。

遭此一劫,占强像换了一个人,郁郁寡欢,不苟言笑。占强发现,爸爸、妈妈、姐姐也都轻来轻去,轻言轻语,小心谨慎。

几天前,姐姐出差从杭州捎来副望远镜。不承想,这副普通的望远镜,推开了占强心灰意冷的心灵之窗。

占强推窗望去,外面果然是另一番世界。

　　小城毕竟是小城,占强住的五层楼就算高的了。占强有一种鸟瞰的感觉,他发现,城市的各种建筑很不规则,街道小巷纵横交错。生活区跟临街的楼房大相径庭。占强还清晰地看到一栋四层高的家属楼西单元三楼的窗户内一位老大妈正在洗菜做饭。

　　一天,占强不知道看书累了还是左腿疼了,就站起来走向窗前。他远远看见有个人在一处生活小区停车的地方徘徊不止,东张西望。占强就从墙上摘下望远镜,从望远镜里看到那穿灰夹克衫的男人正鬼鬼祟祟地撬一辆白色摩托车的车锁。"小偷!"占强暗叫一声,拄着拐杖就走到电话机旁,拨打了"110"。几分钟光景,正发动摩托车的小偷与警察碰了个正着。占强拿着望远镜看呆了!

　　占强将此事告诉了姐姐。姐姐高兴地称占强为"业余保安",为民做起了好事。占强不好意思,脸也有点儿发红。家里的气氛欢快了一些。

　　不久,占强目睹的一桩事,让他震惊了。

　　这天中午十点左右,占强从望远镜里看到一处三层居民的北窗内,一个男人正拿着明晃晃的尖刀朝一妇女逼去。是夫妻打架?占强很是紧张,就紧盯着他。那男人不依不饶,步步进逼。那妇女慌乱地向后退,忙抓起电话。那男人猛地扑了过去。占强判断不是夫妻吵架,是强盗入侵民宅!占强毫不犹豫地报了警。

　　很快,此事上了报纸。原来,那强盗是惯犯,已落网。

　　一个雨后的下午,占强猛喊:"姐姐,快来!"从望远镜里,姐姐清楚地看到东南方向高高悬挂着巨大的彩虹。那彩虹赤橙黄绿青蓝紫,煞是好看。姐姐说,只有雨过天晴,才会出现这样的景致。一股湿漉漉的清风吹乱了占强的头发。占强仍贪婪地望着那彩虹……

糊涂

男怕精神女怕迷。我娘盯着蹲在大门楼底下的二奶奶,摇着头说。

二奶奶糊涂了。糊涂的二奶奶,不知冷暖,不知咸淡,不知饥饱。嘴里不住地唠叨,自言自语,自问自答。

中秋节到了,我从城里回乡下与母亲一道过节日。这次回来,不承想身体一贯硬朗的二奶奶竟糊涂得不成样子了。

二奶奶背佝偻着,右手拄着榆木拐杖。那双三寸金莲仍能轻巧地迈步。

我心疼地递给二奶奶半块油酥月饼。谁料,二奶奶接过月饼,也不问,猛咬一口,三下两下就咽了下去。二奶奶核桃似的脸颊来回动着,面部也没啥表情。我的心里一阵阵发酸。

风中,二奶奶稀疏的银发不时扬起,遮住了浑浊流泪的眼睛,她也浑然不觉。

二奶奶早早地守了寡,拉扯了两个闺女、一个儿子,还有一个儿子过早地离开了人世。

回城后,很快听说二奶奶做了件大傻事,很令二奶奶全家人生气。

二奶奶行将入土,还能做出啥傻事呢?

其实也不是啥大事,就是二奶奶糊涂得把自家的粮食、衣物或饭菜,接二连三地送给西邻牛板家。我娘叹口气道。

把东西送给谁家都没啥事,偏送给牛板家就有事。我娘愤慨地说。

前面说过,二奶奶有两个儿子,死了一个。这死了的一个,就是因了牛板的爹。人命关天,二奶奶与牛板家就成了世仇。

牛板的爹几年前已过世。

我娘说,二奶奶往牛板家送东西,还不住地絮叨:"壶好,壶好!"啥壶好呢? 总不是尿壶吧! 我娘讲着讲着也感到很可笑。接着,我娘又给我讲了二奶奶大儿子死亡的经过。

我娘说,那年合大伙不久,馍越来越小,都成洋火盒了;汤越来越稀,都能照人影了。外村不时传来有人饿死的消息。你二奶奶的大儿子,刚与南庄的定了亲,到年底准备办婚事呢。谁料,他趁黑偷了大伙上的半斤红薯面,正巧被牛板爹看到。其实,牛板爹也没说啥,是他吓出了大病。那时偷面,是要批斗、要游街的。要是游街,那说好的媒肯定要完。从那以后,你二奶奶大儿子病倒了,高烧不止,没多久,人就不行了。

我娘叹一声,说,这两家都心知肚明,从不来往,行同路人,不过也没发生过啥争执。

二奶奶一向好脾气,也不会再吵再闹。吵闹又顶啥用呢? 我也叹了一声。

那二奶奶咋做这糊涂事呢? 我很是疑惑。这"壶好、壶好"又是啥意思?

我一连琢磨了几个昼夜,似有所悟,就给我娘打电话,问我娘二奶奶的"壶好、壶好"是不是"和好、和好"的意思。二奶奶年岁大了,口齿自然不清。

电话那头,我娘怔了片刻,最后似是而非地说:"可能是吧。

你二奶奶糊涂得要与板家和好?" 我娘觉得很是蹊跷,真是老糊涂了!

我低声告诉我娘,二奶奶可没糊涂啊,她是给下一辈人铺路呢。

我娘又是一怔。

凌乱的几根银丝被风随意吹起。佝偻着背,迈着轻巧的脚步,右手拄着榆木拐杖。二奶奶的沧桑形象又闪现在我的眼前。

不知何时,我的泪水已滴落在了电话机上。

抽两口烟的女人

仿佛一夜之间,我家这个广场四周的修脚堂雨后春笋般地冒出来十多家。

没料到,妻子竟喜爱上了修脚。她兴奋地说,我在这家修脚,一百块七次,其他店一百块才四次呢,差远去了。她带着那种占了便宜的兴奋。

妻子见我一脸倦容,就动员我也去修修脚。她不止一次幸福地说,脚修后,走路都是轻飘飘的,睡得也香。

这天晚饭后,妻子瞅着正看书的我,说,你不是找小说素材吗?作家不深入生活咋找素材呢?

我放下书本。灯光下的妻子很可爱。我知道妻子想让我陪她去修脚。猛然想起我曾对她说过,你留意一下你的生活,有啥新鲜的就告诉我,说不定一不小心就成了我笔下的好素材呢。

妻子说,我带你去那个一百块修七次脚的修脚堂吧。

我们很快到了修脚堂。客人不多,仅一个女修脚师。这个修脚的女人三十多岁,身段苗条,脸上却有了明显的岁月印记。她正给一个男士修脚,捏着按着揉着,一刻也不停顿,仿佛有使不完的劲。她一看到妻子,忙笑着叫了一声大姐,又扭头礼节性地跟我打了个招呼。看来她与妻子已经不是一般的关系了。

女人修完男顾客的脚,起身到店门口,"啪"地燃着了一根香烟,抽一口,吐出烟雾;再抽一口,吐出烟雾,而后将剩下的大半截香烟弃掉。

妻子示意我修脚。我说随便泡泡吧。

女人放下沉甸甸的一木桶热水,捋下额前的刘海儿,说,大哥你头次来,今天我免费给您修脚。姐姐老客户了,我们可谈得来了。

我忙说,那哪行呢。

修脚呀,就是修心。脚心、脚心,脚离心能远吗?女人边修脚,边自言自语。

女人真会说话!我问道,你一个人,不累吗?

女人把我的脚当成了靶子,左右"啪啪"打得很有节奏,宛如水面扑棱棱嬉戏的鸭子,微疼而舒爽。

累些,心里充实。她边揉捏我的脚趾,边回答,一忙也省得胡思乱想了。

哎,你儿子呢?妻子问道。

走了,脾气怪得很,说走就走了。女人皱了一下眉,说,直到前天离开,也没叫我一声妈。

别生气,这事也怪不得你。妻子安慰她。

妻子瞅着疑惑的我,补充道,她前夫的孩子。十五岁了吧?

女人点点头,说,这孩子十四岁零八个月了。

妻子仍瞅着我,说,这个妹妹老家是湖北山区的,十五岁那年被拐骗到了河南,卖给了一个四十多岁的男人。男人怕她跑掉,就把她关在一间土屋里。这一关就是三年,吃住在土屋,厕尿在土屋。

后来,我怀孕了,才允许我到土屋外溜溜。女人接着妻子的话说,到屋外,我睁不开眼,揉揉眼睛,才勉强能看东西。当时我就哭了。孩子生下来,是个男孩,我一点儿都不高兴。没有感情,有什么意义呢。男人买媳妇借了一屁股的债,我说要外出打工,男人不同意,怕我跑了。我就指指孩子,男人这才松口。一起出去打工的第二年,他触电身亡了。

唉!我不由叹一声,心想,苦难的日子会把人的心打磨得像石头一样坚硬。

处理男人的后事,我没流一滴眼泪。女人继续说,后来我把所有赔款都交给了男人的家人,我说,这钱,我一分不要,一半养老人,一半养孩子吧。我就离家出走,打工去了。

我发现妻子的眼圈湿润了。

打工期间,遇到了一个大我十二岁的男人。女人边认真地按脚边讲,这个男人是你们这儿的人。

女人似打开了话匣子,说,这男人很疼爱我,我就铁心跟了他。春节快来临时,我才知道男人的真相——他是有家有孩子的人。打工的谁不回家过年呀,可男人不让我跟他一块回家。男人诓骗我说,打工没挣到钱,为了省路费,他一个人回家看看就回来。我说,我有钱呀。男人很急躁,坚决不同意我跟他一块回去。我感到不是回不回去的事了,就自己买票尾随着回了男人的村子……真相大白后,我只能哭着离开了。我仅留下了那男人的一张照片。

我们这儿竟有这样的人!我猛捶了一下躺椅扶手。

这个小妹妹,没再去打工。妻子说,她开了这家修脚堂,自己经营,手艺好,人活泛,生意可好了。前不久,她的那个儿子辍学,来她这儿,打打杂,不承想又走了。

生不如养,我没养他,他不叫我妈,我也说不出啥。女人说着擦干我的脚,弯腰端起木桶。复回来,却掏出了香烟。她让我抽,我摆摆手。她扭身出了店门,站到店门口,"啪"地燃着一根,缺氧了一样猛抽一口,吐出;再猛抽一口,又吐出。我眼睁睁看到女人没有再抽第三口,就把烟丢弃了。

她习惯了。妻子指指门外抽烟的女人。

那个男的还跟你联系吗?我贸然问女人。

呵呵,他倒是跟我联系过几次,我没再搭理他。不能毁一家、成一家呀。女人说。不过,我这男朋友可好了,个子一米七多,大眼浓眉毛。

我望望女人。女人真大度。

女人说,我这儿还存有他的一张照片呢。说着转身走向柜台。

我一愣,接住了照片。照片已经有点儿发黄,还有灰渍。我细看照片上的主人,确实浓眉大眼,但看面相,我断定其应是混在人群里,也不好找的那种。

我说得对吧,个子一米七多,大眼浓眉毛,可好看了。女人说着说着脸色泛红了。

看来女人很喜欢这个男的,要是他没家没孩子,他们一定该结婚了。我安慰她,说,趁年轻,就再找一个吧。

她不置可否地笑笑,说,不急的,过一段时间再看吧。

妻子没再修脚,妻子对女人说,你累了,歇歇吧。

女人送我们出店门。我和妻子笑着朝她摆摆手。倚在门旁的她顺手摸出根香烟,燃着。我顺风听到,她猛抽了一口香烟,吐出;又猛抽了一口香烟,再吐出。

回家的路上,我心酸酸的,没再多说一句话。妻子看看我,也不再说什么。我打心眼里感激不大懂文学却默默支持我的妻子。

不久后的一天晚上,妻子从修脚堂回来,说,那修脚女人不抽烟了,连一口也不抽了。

我听后有些意外,就猜想,她的生活应是有新的内容了。

妻子说,她有男朋友了。

这次可不能再马虎草率了呀。我不无担忧地说。

妻子许久才说,她找的是个盲人。

盲人?

就她隔壁按摩的盲人师傅。妻子说,她给我讲,大姐,找个盲人,没啥不好的,眼瞎心里明。

她已经对睁眼人不信任了。我嘀咕一声,慢慢放下手中的书,默默给她送去了一个祝福。

修脚呀,就是修心。修脚女人的这句话,再次萦绕在我的耳畔。

娘给儿子打打伞

娘怀我弟弟那一年,唠叨最多的一句话是,老天爷,这次好歹来个丫头片子吧。

大家都明白娘的心思,她不能再要儿子了,她已有了我哥和我。

我们两个男娃吃饭都是狼吞虎咽,尽管吃的是稀汤寡水,却吃得我爹和我娘眼巴巴的。我爹瞅瞅干瘦的粮囤,又回过头瞅瞅干瘦的我娘,嘴唇动了动。我娘瞅瞅我弟兄俩,又瞅瞅干瘦的我爹,嘴唇也动了动。他们什么也没说,又能说啥呢?

所以,娘下决心要给自己生个小棉袄,甚至她连小棉袄的名字都自己做主起好了,叫"花棉"。到我弟弟快降临人间的那一刻,疼得直呻吟的我娘口里喊的仍是,这闺女要折腾死我呀!当娘知道花棉又是一个男娃子时,咬咬嘴唇,眼角滑出了一大滴清泪。

后来,我问娘,为啥给老三起"花棉"的名字。

娘笑答,那时穷怕了,谁家不想有棉花呀,能卖钱,还能做衣裳。我寻思着就把这俩字掉了个个儿,给这闺女起了个"花棉"的名字。呵呵,没想到又来了个破小子。娘叹口气,很遗憾地说,男孩也好,女孩也罢,都是我的骨肉呀。

一晃,我到了不惑之年,娘也白发苍苍了。

这期间,爹心梗去世了。大哥参了几年军,回来继续务农,结婚生子,如今两个孩子一个大学毕业参加了工作,一个在读研。我呢,大专毕业进了机关,也混了个科级干部。

弟弟的前途是我娘亲自做的主,就像他的乳名一样。娘给老三选了师范学校,她补充说,啥世道也离不开教书先生。

我和哥就嗔怪娘偏心。

娘却说,都是娘的儿子,哪个我不疼?娘又解释说,就像种庄稼,不能都种一样吧,万一绝收,我们吃啥呀。

娘说得多在理呀。

打我小时候娘就说,天地间有一口气,人活着就为争这口气。娘卖鸡蛋给我们凑学费,娘用塑料布给我们做雨衣,娘用网兜给我们往学校送馍,娘用香烟盒给我们订练习本,娘用买盐的钱给我们买小人书……我清楚地记得,凡是好读书的我的小伙伴,娘都偏爱,都能吃上她擀的飘着葱花清香的面条。

农村老家我娘的堂屋墙上贴的不是什么山水画,而是一墙的奖状。奖状有我们弟兄的,还有她的孙子孙女的。在娘眼里,奖状是我们学习好的标志,是我们昂扬上进的阶梯。只要领了奖状,她都会认真地找个空地方贴上去,然后乐呵呵地奖包方便面或一根火腿肠什么的。当得知孙子考取清华大学研究生时,她还特意温了一壶酒庆贺。娘不胜酒力,很快晕了。反复笑说,这孩子争气,好!好!娘时常独自一人端坐在堂屋里,望着墙壁,那墙面上的奖状,或大或小,花花绿绿,似开满墙的五颜六色的花儿。望着望着娘就乐了,岁月的皱褶里溢满了幸福和自豪。

娘虽年迈,但还坚持侍弄田地。当然,不是大块的田地,身体已经不允许她种大块的田地了。现在,她侍弄的是三分地的小菜园。除此之外，老家堂屋的前前后后，她都种上了菜，有韭菜，有豆角，有茄子。娘眼里，没有废闲地。她常说，地是刮金板。庭院里那两棵柿树特别耀眼，结的柿子压弯了树枝，疙疙瘩瘩，有青有黄，仿佛孩童调皮的脸蛋一样。满院子的青枝绿叶，风景煞是好看。

每当放假，娘都会跟我们一起打打扑克牌。娘说，打扑克牌，有学问，先出小牌，再出大牌，最后，大王保底，准赢。娱乐中，我们受到了启迪，锻炼了思维，增长了才智。

去年，大哥喝酒骑摩托车摔了点儿轻伤。娘知道后，把大哥骂了一顿，气得哭着说，好好的日子不好好过，喝点猫尿逞啥能呀！

娘七十大寿这天，下起了小雨。

我们一家老老少少几十号人风雨无阻欢聚在一起。

孙辈敬酒寿比南山，儿辈敬酒福如东海。娘高兴得嘴里的那几个残牙一直明晃晃露着。

娘耳不聋眼不花，身子骨硬朗，而且思路清晰。在办寿宴前一天，娘专门给我们弟兄仨开了个会。她说，你们东的东、西的西，各忙各的，我很高兴，我想过个生日吧，也好聚聚。她又说，办寿宴要花几个钱，老二、老三吃着公家的饭，比老大强，你俩多摊些；老大呢，也得表示孝心。

我们弟兄仨笑着点点头，心想，娘真是一辈子操心的命。其实，我和老三，生活上一直都帮衬着老大呢。

正说着笑着，大哥突然离席。

娘看见了。

我忙说，大哥肯定去厕所了。

他喝晕了吧。娘说着站了起来。

她缓缓走到门旁，弯腰拎把伞，说，伞都不打，咋能出去呢？

说着迈出了门槛。

你看奶奶！大孙子忙夺门而出。

我又想，那么多人，包括大嫂咋没想起来给没带雨伞的大哥打打伞呢？

我突然发现，大嫂眼睛湿润了。

一次，参加朋友父亲的寿宴，那位老父亲在酒席上说，我的这一大帮孩子，现在围着我热热闹闹的，一旦我不在了，他们也没有依傍了。我不能让孩子无家可归，要好好活着。

众人忙说，家有一老，胜有一宝。

蓦地，我想起了我娘。娘奋斗了一辈子，如我工作懈怠了，能对得住她吗？

娘是儿的娘。

儿是娘的儿呀！

寻找年味

从县屠宰场回到村里，我顾不上喝口水就慌着去找四叔和四叔的杀猪锅灶。

是屠宰场的聂总安排我的事儿。在村里我养猪多年，小打小闹，一年百十头猪，跟县屠宰场打交道就多，结识了聂总，成了好朋友，偶尔喝两盅。

聂总走出正作业的屠宰间，抬头望望温暖的阳光，转脸又望着我说，城里现在已经没有了年味，正好你喂养的有猪，哦，要那不喂饲料的猪，看看还有没有杀猪的锅台，我想好好体会体会年味。呵呵，打小我就喜欢过年，喜欢过年飘着雪花，喜欢过年放鞭炮，喜欢看杀猪。唉，如今，这些好像都没了。

我笑了，心里说，一个屠宰场的老总，要到乡下寻找年味，好浪漫呀！心里嘀咕着，就想起了我的四叔，想起了四叔的杀猪锅灶。四叔还健在，可那经年的有血腥气的杀猪锅灶还安在吗？现在乡下很少有杀猪的了。

看我有些迟疑，聂总忙说，今天你来杀的这十几头猪的费用，全免。另外，找着杀猪锅灶了，第一时间告诉我，我要到场。当然，这头猪我全要了，杀猪费也是我出。去吧小子！

显然，聂总为自己寻找年味的决定而亢奋。我知道，聂总最不缺少的东西就是钞票了。

于是，我就屁颠屁颠地穿行在腊月的阳光里。我得赶紧找四叔，杀猪可是他的拿手好活。我就是吃着四叔杀的猪肉长大的，俊俏的四婶也是奔着四叔这手杀猪好活嫁过来的。四婶一家过年吃着四叔亲手杀的猪肉特别津津有味，津津有味是因为她家吃肉不需要花钱。

正奔走着的我突然意识到有些不大对头。没有杀猪锅灶找到四叔又有何用？对，先看看四叔院墙外的那个大杀猪锅灶还有没有。昔日家家户户都喂养一两头猪，积肥卖钱，过年时杀的也不少，每村都有几个杀猪锅灶；现在没有一家一户喂养的了，全是规模喂养，杀猪都去屠宰场，那杀猪锅灶慢慢地也都拆掉了。

曲里拐弯绕到四叔家门口，我不由长出了一口气，掏出手机就给聂总打了过去："聂总，杀猪锅台还在，还在呀，你真有福！"我喘着气站在了那里。我一眼就发现了厚厚的秫秸掩盖着的杀猪锅灶。那真是四叔的最爱，换了别人根本不会保留，占地方还碍事。我仿佛看到了袅袅蒸汽中四叔肩披毛巾正在"刺啦刺啦"奋力地刮着猪毛，随着湿漉漉的猪毛横七竖八地打着卷儿煺下，刺眼的白猪皮的面积也在不断扩大。

我猛然想，要是四叔再年轻三十岁，他当屠宰场老总应该比聂总还优秀。当然，我是指杀猪的业务优秀。在为人处世上，四叔远比不上聂总。当然聂总有钱，可现实是人越有钱越小气不是？

直到今天，四叔还是抠抠唆唆，好占个小光。我娘常数叨他，抽别人一根烟呀，装别人一把花生呀，连别人结婚时陪送的一盒茶具也往家里拿。特别是杀猪时，猪腰猪脾他也拿，说是拿算给他面子了,不知道的就是偷呀!我娘一提四叔这不主贵的手脚就来气:这倒成了他的"拿手好活"!

呵呵,这事不提了,好在都过去了,四叔也一大把年纪了,但四叔的杀猪拿手好活是谁也不能否认的。我真没想到,四叔的这手好活时至今日还能帮我一把。

这时,我的手机响了,是聂总打来的。聂总说,先准备好,吃了午饭就赶过去。

这个聂总,有五十岁了吧,还像小孩子一样。我窃笑着走进了四叔家。

庭院暖阳下,藤椅里的四叔正眯着眼听黑包公嗷嗷地唱豫剧。

听到"杀猪"俩字,四叔脸上的皱褶里顿时迸出了鲜活的神采,连黑包公也推到了一边。

可是很快,四叔又松劲了,说,那几把杀猪刀好多年没用了,恐怕早生锈了,再说我这体力也差多了。

我笑笑说,有磨刀石,还怕刀不锋利吗?体力嘛,多找几个人不就行了,反正聂总不差钱的。

四叔还是犹豫不决。

我又说了一句,四叔欣然应允了。我想这句话实实在在地打在了四叔瘦瘦的腰窝里。

我说,四叔的杀猪好活远近闻名,谁不佩服!说着,我来了个朝猪脖子猛捅一刀的动作。

四叔笑了,露出了两个可爱的豁牙。

正当四叔霍霍磨刀四婶翻找捆猪绳,还有几个帮忙的刷锅找劈柴时,聂总的黑色大别克开进了村里。

聂总拿出一条烟,一人一包。众人乐了,聂总真大方!

烟是硬包的,四叔小心捏捏,毫不客气地装进了黑袄兜里。

一头大黑猪被赶来了。大黑猪嘴里不停地哼哼着,似乎很不满,或许它不懂自己长大了就要被杀的宿命。直到一条后腿被捆住后,黑猪开始发疯般地乱扯乱蹬。

又回到我小时候了!聂总不禁感叹。他边感叹边打开后备箱,搬出来簸箕大的一盘鞭炮。

围观的几个小学生也激动得跑起了圈圈,几只呆头呆脑的鸡鸭趔趄着远远躲开了。

先点炮,再杀猪!聂总兴奋地喊。

同样兴奋的四叔指挥着,宛如又回到了年轻的时候。

燃着的鞭炮"噼噼啪啪"欢快地炸出了一地红纸屑,像铺了一地红花,吉祥喜庆。淡蓝的硝烟穿透阳光升腾散去。聂总一边拿手机拍照,一边不住地喊道,这才是过年,这才是过年呀!四叔,开始杀猪吧!

四叔早攥紧了一根粗杠子,吼了一声,不偏不倚地打在黑猪的脑子上。

聂总抿嘴竖起了大拇指。

七八个人把晕倒的黑猪抬放到一块楼板上。

"刺啦!"一眨眼,四叔的尖刀从猪脖子里拔了出来。

四婶早准备了一个铝盆,来接鲜猪血。

"咕嘟咕嘟",殷红的冒着热气的鲜猪血有节奏地流到了四婶端着的铝盆里。

乖乖,满满一大盆!聂总激动地说,猪血是人胃肠的"清道夫"啊。

聂总抬头望望偏西的太阳,一脸的灿烂享受。

我转脸发现四叔沟壑一样的额头上浸出了细汗,毕竟年岁不饶人。

注意灶火,五十度左右!四叔命令着烧锅的四婶。

水温高了低了都不好煺毛的。四叔望着聂总卖弄自己。

我笑笑说，这拿手好活可不是随便乱赞许的。

四叔又说，就数黑猪的毛最难煺了。

锅下冒蓝烟。锅上冒水汽。四叔头上冒热汗。

呵呵，聂总真好玩，放着屠宰场不用，受着罪大老远跑到村里来杀猪。四叔边说笑边指挥，多上几个人，把猪身子挂横杠上。

屠宰场杀猪是屠杀，我们在这儿杀猪，是宰杀。屠杀无情呀，宰杀才有味道哩。聂总说着挽起袖子伸出了手。

随着众人一声"嘿！"猪被头朝上悬挂了起来。白花花的猪身子，咋看咋像一个一丝不挂的女人。

四叔双手握刀，凝神静气，气运丹田，喊一声：开！接着刀光一闪，刺啦一声，长长的猪身被开膛剖肚了。

聂总鼓起了掌，叹道，好利索的刀法！

一头黑猪很快被肢解了。

四叔说，猪头沟沟壑壑的，最难清理，由我来吧。你们抓紧清洗猪下水。

偏西的太阳发黄时，卸开的猪肉用食品袋都装进了车的后备箱里。

最后，四叔喘着气，提着还滴着水的猪头赶来。

不了，这猪头就送给四叔。聂总突然说，那猪下水也送你们，当下酒菜吧。

四叔一愣，喘着气说，那咋好意思呢？

我知道聂总一向大方，好意难却，就说，四叔，收下吧，聂总今儿个高兴。

聂总给了我猪肉钱，又给了四叔他们杀猪的辛苦钱，就告辞了。

四婶拿着杀猪挣来的钱,笑了,不住嘴地絮叨,这城里人就是有钱。原来聂总每人多给了五十元。

我捏着一沓钞票,望着轿车扬起的飞尘,心想四叔今天收获最大了。

这时,我的手机响了起来,是聂总打来的。聂总说,老弟,那个猪头只能送给四叔了。

我一惊,为啥?

那猪舌头早被你四叔割下来了。

啊?!

其实我早想好了,要送给他老人家几斤肉的。聂总说,今天杀的猪肉,回去也是给几个哥们儿分了。过年嘛,图的就是热闹!聂总又说,算了,大过年的,别再提这档子事了。

我叹一声,忙说,聂总,真对不住呀!

杀猪有年味,明年我还会来杀的。聂总笑说,哎,你听这是啥声音?

我分明听到手机里传来"噼噼啪啪"的声音。这哪来的鞭炮声呀?我很吃惊。

手机录的今天放的鞭炮声。城里不让燃放鞭炮了,听听录音总可以吧?聂总哈哈大笑了起来,听录音一样有年味,一样过瘾呀!

这个聂总!我不禁摇摇头,赞叹道,好,好得很!

虽说聂总嘱咐我别再提那猪头一事,可我心里总觉得别扭,隔一日还是忍不住遛到了四叔家。

唱机里包公唱得正酣,四叔在就着一小碗猪头肉有滋有味地喝小酒。

四叔示意我坐下喝两盅。

我鼻子哼了一下,说,四叔,明年聂总还会来找年味,还会杀

218

猪的。

　　就听四叔打了个酒嗝，一股子猪脏气和葱花味，他费力地嚼着一块猪头肉，说，聂总这人好啊，我等着！

　　我"咕嘟"一声咽了口唾沫，转身离开了四叔家，把包公嘶哑的喊叫也抛到了脑后。

　　走到大门口，看到一只老公鸡正觅食。我走到不远处的一块小砖头前，抬脚将那块小砖头朝老公鸡踢去。

小小说断想

小小说是一种诱惑,如佳肴之于美食家,如古董之于收藏家,如华服之于模特儿,如鲜花之于蜜蜂。

我热爱小小说,小小说里有大世界。

写小小说,我是业余,但小小说在我脑海里,像轻捷活泼的麻雀,"扑棱棱"随处可见。

听刘欢、韩红、田震、孙楠、平安、降央卓玛、腾格尔唱歌,他们个个嗓音独特,别具一格,给我留下深刻的印象。我就想,小小说也需要风格呀,有风格的小小说,才能流芳于世。同样,听一般歌手唱歌,总感到他们音质稍差,韵味贫乏,没有那种余音绕梁之感。不觉想起一个关于小小说的问题,粗糙的小小说与精致的小小说相去多远呢?

一次,在看杂技表演时,一人骑着独轮车,用脚往头上的大碗里投碗,一个、二个、三个、四个,这时有了唏嘘声;在投第五个、第六个时,有了掌声;当风险较大的小勺稳稳落入头上的碗里时,掌声雷动!鼓着掌,我就想,只有高难度的技巧,才能博得喝彩。小小说创作,不亦如此吗?思想的深度,决定文章的高度。

普普通通的大米,厨师可做成粥、蛋炒饭、干饭、甜米丸子等,还可以用苇叶制作粽子,很有风味。同样的题材,只看你做大的,还是做精致的。长的,气势恢宏,洋洋洒洒;短的,隽永精美,耐嚼耐品。在众口难调的当下,就看写家之手段了。

一部《红楼梦》,派生出京剧的《红楼梦》,派生出越剧的《红楼梦》,派生出电影的《红楼梦》,派生出电视剧的《红楼梦》,凡此种种,"贾宝玉""林黛玉"皆同,唯体裁、形式不同也。我就琢磨,小小说是语言叙事的艺术,就看你如何发挥语言的特殊张力和魅力了。

到了一个新单位,总能最先记住姓名罕见、响亮的人。小小说的标题,不也是一篇小小说的姓名吗?《二次大战在双牛镇的最后一天》《行走在岸上的鱼》《一只羊其实怎样》等标题,无不令人耳目一新,眼前一亮。

小小说与我如影相随。我把她当作我的一种生活,一种快乐,一种品位。

作家余一鸣说:"肾好,才是真男人;小说好,才是真小说家。"我坚信,小小说里有大世界,大世界里有我的文学森林!

触动心灵的那一刻

一天,去一个朋友家串门,猛然发现他家挂历上的每月甚至每日的数字上边和下边的空白处,都密密麻麻地写有很多颜色各异的数字。就好奇地问朋友这是咋回事。朋友笑答,那是孩子记的学习成绩,还有他爷爷拉三轮车挣的钱数。我不禁"哦"了一声。那一刻,我久久望着印有虎年大吉的挂历,心窝热了一下,又热了一下。吃过午饭,匆匆回到家,我一头扎进了书房。后来,就有了习作《挂历上的数字》(原载《百花园》2016年第3期,《小说选刊》2016年第5期转载,获2016年武陵"德孝廉"杯全国微小说精品奖二等奖)。

在办公室闲聊,一个同事说,有个乡镇的镇长因一只茶杯被免职了。众人都瞪大了眼睛。那个同事笑着继续讲道,媒体都披露了,这个镇长的茶杯被上访的群众用了一下——上访的那个农民坐在镇长对面反映问题,顺手端起镇长的茶杯就喝。孰料,镇长不愿意了,耍起了威风,指着那农民的鼻子破口大骂,先摔了那茶杯,后打电话叫派出所抓人。后来记者知道了,事情上了网。肯定是那上访的农民咽不下去这口恶气,举报了镇长。众人叹一声,又笑笑。我坐在办公椅上,许久没动。回家的路上,还被这件事萦绕纠结着。若这个镇长头脑清醒不耍威风,再给这个上访的农民倒杯水,会是什么结果呢?产生这个念头的那一刻,我的心头猛地一颤。于是,就有了习作《一茶杯温暖》(《百花园》2015 年第 11 期刊出,《小说选刊》2016 年第 1 期予以转载)。

礼拜天,陪朋友回农村老家看望老母亲。老母亲九十高寿了,白发稀疏,脸上的皱纹很深,耳朵已聋,你说你的,她说她的。电视上正播着某个王朝的古装电视剧,或许老母亲能看懂这类题材吧。这时,老母亲突然说,我不想活了,吃饱等饿,净唠叨人。我一愣,一时不知说啥好。我的朋友却慢慢蹲在她跟前,笑吟吟地说,娘,有吃有喝的,咋不想活了呀,你看,他扭头抬手指着电视机,说,就连那个皇帝还想再活五百年呢。彼时,我的心一热,回答得多巧妙,多诱惑呀!我不得不佩服朋友的智商。习作《再活五百年》"应运而生"。

…………

现实比小说更荒诞,生活比小说更精彩。滚滚红尘,芸芸众生,隐藏着多少动人的秘密!长着一双善于发现的眼睛的作家,就要很好地去挖掘去探寻去记录这些人类心灵中的宝藏。生活匆匆而过,来不及思索。就让我们艺术地捕捉并大胆地虚构那些触动人心灵的微妙一刻吧!

后记　文学之树上攀爬的猴子

时值丙申猴年岁尾,我坐在南下的高铁上,从北方一座小城奔赴全国微小说创作基地——湖南省常德市武陵区,参加 2016 年武陵"德孝廉"杯全国微小说精品奖颁奖活动。是拙作《挂历上的数字》给了我这一良机,是原发期刊《百花园》给了我这一良机,是权威的《小说选刊》给了我这一良机,是美丽的常德给了我这一良机。

感谢默默作嫁衣裳的人们!

我的三天打鱼两天晒网式的写作,就像懒人栽树,东一棵,西一棵。日子久了,不期竟成了一小片森林,亦绿意盎然,茂密葳蕤。这不也可喜可贺吗?我笃信,只要坚守与执着,神就会附身。

我结识的一位文学前辈曾说过,他已八十高龄,耳不聋,眼不花,就是得益于文学写作。他已洋洋洒洒写了几百万字。他真诚地说,写作使他年轻,是他活不老的秘诀。他还慷慨激昂地表态,这辈子要活到老写到老。

这就是文学的魅力。

望望眼前我的文学森林,我宛如一只健硕的灵猴,在棵棵大树上奋力攀爬,一旦发现了赤橙黄绿青蓝紫的果子,遂乐此不疲地采摘并快乐分享!

英国作家多丽丝·莱辛说:"如果没有文学宝库,我们将多么贫乏,多么空虚。"文学的森林就在面前,充沛的氧气可以洗你的脑,洗你的肺,洗你的心,这"三洗"还不够吗?

许心龙

2016 年 12 月 29 日